马原藏区小说精品 ●《冈底斯的诱惑》●《拉萨河女神》

拉萨河女神

马原 著

目 录

虚构　1

拉萨河女神　71

喜马拉雅古歌　91

涂满古怪图案的墙壁　115

拉萨生活的三种时间　139

游神　163

中间地带　191

死亡的诗意　215

虚 構

各种神祇都同样地盲目自信,它们唯我独尊的意识就是这么建立起来的。它们以为唯有自己不同凡响,其实它们彼此极其相似;比如创世传说,它们各自的方法论如出一辙,这个方法就是重复虚构。

——《佛陀法乘外经》

一

我就是那个叫马原的汉人,我写小说。我喜欢天马行空,我的故事多多少少都有那么一点耸人听闻。我用汉语讲故事;汉字据说是所有语言中最难接近语言本身的文字,我为我用汉字写作而得意。全世界的好作家都做不到这一点,只有我是个例外。

　　我的潜台词大概是想说我是个好作家,大概还想说用汉字写作的好作家只有我一个。这么一来我好像自信得过了头。自负?谁知道!

　　这么自信的人好像应该说些表现自信方面的话,好像应该对自己的小说充满同样信心。比如绝对不必像我这样画蛇添足硬要在现在强迫我的读者听我自报写过些什么东西。

　　我现在就要告诉你我写了些什么了,原因是我深信你没有(或者极少)读过这些东西。别为我感到悲哀(更别替我不好意思),顺便告诉你,我心安理得泰然自若着呢。

　　有人说我是为了写小说到西藏去的。我现在不想在这里讨论这种说法是否确切。我到西藏是个事实。另外一些事实是我写了十几万字有关西藏的小说,用汉字汉语。我到西藏好像有许多时间了,我不会讲一句那里的话;我讲的只是那里的人,讲那里的环境,讲那个环境里可能有的故事。细心的读者不会不发现我用了一个模棱两可的汉语词,可能。我想这一部分读者也许不会发现我为什么没用另外一个汉语动词,发生。我在别人用发生的位置上,用了一个单音汉语词,有。

　　我不讲语言学教程,这个话题到此为止。

　　我写了一个阴性的神祇,拉萨河女神。我没有说明我在选择神祇性别时的良苦用心。我写了几个男人几个女人,但我有意不写男人女人干的那档子事。我写了一些褐鹰一些秃鹫一些纸鹞；写了一些熊一些狼一些豹子一些诸如此类的其他凶恶的动物；写了一些小动物（有凶恶的）如蝎子，（有温顺的）如羊羔，（也有不那么温顺也不那么凶恶的）如狐狸旱獭。

我当然还写了一些我的同类的生生死死，写了一些生的方式和死的方法。我当然是用我的方法想当然地构造这一切。大概我这样做是为了证明我是个不同凡响的作家。谁知道呢？

我其实与别的作家没有本质不同，我也需要像别的作家一样去观察点什么，然后借助这些观察结果去杜撰。天马行空，前提总得有马有天空。

比如这一次我为了杜撰这个故事，把脑袋掖在腰里钻了七天玛曲村。做一点补充说明，这是个关于麻风病人的故事，玛曲村是国家指定的病区，麻风村。

毫无疑问，我只是要借助这个住满病人的小村庄做背景。我需要使用这七天时间里得到的观察结果，然后我再去编排一个耸人听闻的故事。我敢断言，许多苦于找不到突破性题材的作家（包括那些想当作家的人）肯定会因此羡慕我的好运气。这篇小说的读者中间有这样的人吗？请来信告诉我。我就叫马原，真名。我用过笔名，这篇东西不用。

当然肯定也有另一些人宁可不当作家也决不会铤而走险走我这一步。不走就对了。羡慕的不必羡慕。

实话说，我现在住在一家叫安定医院的医院里；安定医院是对外名称，所有知情的都知道这是一家精神病院。我住在这里写作。我周围是些老人，这是老人病房。房间里很干净。大约是个二十平方米的房间，有六张病床。

实话说，我当初不知道麻风病的潜伏期最长甚至会有二十年以上。我刚刚出来三个月，现在我还没有呈现任何病兆。

我开始完全抱了浪漫的想法，我相信我的非凡的想象力，我认定我就此可以创造出一部真正可以传诸后世的杰作。

（请注意上面最后一个分句。我在一个分句中用了两个——可以。）

我不是个满足于"想一想不是也很好吗"的海明威式的可以自己宽解愁肠的男人。我想了就一定得干，我干了。海明威是个美国佬。

我不敢夸口我是唯一敢这么干的人。因为我进玛曲村认识的第一个人就是另一个这么干的。他说他也不是第一个。

二

你看我有多大年龄。说你第一眼时的直观判断。不要怜悯我。不要说那些想使我高兴一点的话。不不。我说了别这样。

这里有镜子。有水。我每天都能看到我。可是我不知道我是否显得衰老。我不知道别人到我这个年龄时的样子。你告诉我实话。你应该知道这没有关系的。我早就从你们的世界里退出来了。那个世界是你们的。

有三十年了。也许四十年。我没去计算时间。时间没法计算。昨天跟今天一个样。今天跟明天一个样。你记不住重复了许多次的早上或晚上。山绿了又黄。我是记不住了。

我是个哑巴。这里的人都当我是哑巴。我到这里就再没说过话。我怕我早把汉话忘了。跟你说这些话的时候我敢肯定我还记着。有些事会了就忘不了。游泳就是这样。我七岁那年学会游泳。那好像是一百年以前的事了。不是地道汉族。我爸亲是个做生意的印度人。

我不说话。后来也没人跟我说话了。就不要问这个了。叫什么名字有什么关系呢。这么多年我没有名字一样活着。他们都不叫我。没有人知道我叫什么。他们当我是个聋子。

你真有眼力。这里没有人看出我读过书。我爸亲有钱。是我自己不想再读下去了。

你要吃东西吗。你有再好不过了。我至少几十年没吃过点心了。好吃。我们再不回去就错过吃午饭了。那好。我们就往沟沟里走。

我一直不想这些事。这些事现在想起来好像跟我没有关系了。也许不是关于我的。其实我的别人的又有什么关系呢。

你肯定不信我有一支枪。二十响盒子。我们一会就会看到了。有七发。这么多时间了不知道是不是还能打响。没一点锈。我放的地方雨淋不到。没人知道。没有人往山上爬。我爬山他们都当我是傻瓜。从这儿往上去。

从到这的第一天我就爬山。这条路就是我踩出来的。这种地方没人来。你累了就歇歇。上面的路还远。我尽可能走得远一点。我不放心那支枪。走吧。一会儿累了再歇。

三

我们边说边往山上爬。他看上去很衰老，可是脚步比我要健。我不期待发生奇迹，我同样不反对有奇迹发生。我们走走歇歇，最后还是到了他要到的地方。他让我等一下。

他像变戏法一样，突然从一个可怜的老人变成荷枪实弹的强盗。他动作迅捷模样凶狠，我从声音和外形可以断定他手里的是真枪。他用枪口对着我的脸，我想起他说的弹夹里还有七发子弹。我的腿突然哆嗦起来。

这时他说："把背包里吃的东西统统拿出来！快点！听见

了没有？！"

我完全吓傻了。我那时脑子里什么都不能想，我只是盯住黑森森的枪口。我记得它比我想象的要大得多，像个山洞，我完全可以直着腰走进去。我能做的大概谁都能做，我伸手到背包里，把先触摸到的一筒罐头拿出来扔到地上。接着扔出来的有另外两筒罐头、一包巧克力和剩下的干点心。

我还在犹豫是否把照相机也拿出来的时候，他又突然笑了。"我以前就是干这个的。过了几十年，我想看看现在的人。什么都跟从前一样，没变，嘻嘻，没变。"

他笑。我把笑忘得一干二净，因为我前面的那个山洞。他的话我听见了，可是我不明白这些话的含义，我的脑袋已经不运转了。

枪口从我眼前慢慢移开垂向地面。我的意识像春天的蛇一样开始苏醒。我开始回味他刚才的话，我回忆起刚刚过去的半天时间。

不行，我的脑袋还是处于半麻木状态。我甚至不明白他下面那些动作的实际意义。

他把枪重新端在手上，我注意到他拿枪的是左手。他用右手拨开保险，然后他把左臂伸向空中。枪口朝天，他要干什么呢？

我盯住他扣在枪扳机上的左手食指，我看到它开始用力。

枪响了。

空气剧烈震动起来，近山远山充满回音。我觉得整个世界在看我们。山下的玛曲村这时正沐浴在中午阳光下，它显得很小，小得不真实了，像沙盘上的模型。村里看不到人，但我觉得所有的人都在看着我们俩。

"可惜只有六发了。真不错，几十年了。"

这两句话我马上就听懂了。我知道刚才的梦境已经过去，可我那时还不知道这个细节在我那部杰作里面的位置。

他在不知不觉中消隐在山石中了。他再出现的时候，手里的枪已经不见了。他好像已经忘了我，不再理睬我，从我身边轻盈地跳着下山了。跳动的身影在山石中时隐时现，就像个放羊的男孩子。他个子高大，这时显得瘦小。

我一个人蹲下身，捡起刚扔在地上的食品罐头。我再站起来时他已经完全消失。我这时产生了想找找那支枪的念头。

我有一种预感。我要证实这种预感。我的预感没有错。我找不到它；或许它根本就不存在，或许它只存在于我的想象中。

我下山的时候，我才想到关于所有的麻风病的问题。他是个麻风病人吗？他已经在这个满是麻风病人的地方生活了几十年。我不知道我为什么会遇到他，为什么先不进村子。

四

我没有把握得到医生的许可,我是偷着溜进这块禁地的。我事先已经听说有两个医生负责玛曲村的事。听说是两个年轻的藏族,其中有一个女的;听说那个男的也很漂亮。

病区没有任何形式的围栏,这样它既不能防止病人外出,又不能防止外人进入。我就是钻了这个空子。

公路傍江而行,附近百里没有人居住。因此这两幢石砌的小屋就显得格外冷清。西边的一幢是公路道班,玛曲医院占了另一幢。而玛曲村离这里还远,在十几里外的山脚下,和公路隔着大片的漂砾滩。从公路向北望,一眼十几里无遮无拦,小村子看得一清二楚。把玛曲村与外部世界连接起来的是条小路,弯弯曲曲的像条干绦虫。

我搭乘一辆运货卡车,在离道班很远的地方先下了车。我为了不惊动两位医生,就从下车的地方径直向北往玛曲村跋涉。我相信医生绝不会想到我的侵入。

我事先准备了睡袋和一些食品,我拿定主意自己解决食宿问题。我没想好该逗留几天,但我没有当天就离开的打算。

村子北面的山非常高大,因而有一些山沟沟到山下时就变成了泄洪道。泄洪道把大块漂砾滩分割成条条块块。

我决定在靠近村子但又人迹罕到的地方找个能睡觉的地方。我找到了一条又窄又深的泄洪道,我在一个拐弯处埋下背囊和多数食品,只背了挎包和相机进了村子。

下午的阳光晒得人快干枯了。村子里静悄悄的,没有马牛羊猪鸡这类常见的禽畜,只有一些在阴凉处躺着睡觉的狗。

房子都是石块砌的,典型的农区藏式房,平顶而低矮。房子格局分布与其他村子都没有什么两样。土路,多半都很狭窄,看来不是车马道。我在村子里闲逛,我没见院子里有人,我走遍了村子没见到一个人影。我拿定主意不轻易走进人家的院子和房间。

更有趣的是没有一只狗朝我吠一声,连狗都没兴趣理我。我感到由衷的悲哀。

如果不是我在事前多方了解,我此时肯定要认为这是个被人遗弃的村庄。我知道不是。这里至少住着一百二十几个活人。我还知道这些居民不事耕作或放牧,他们吃的用的都由国家免费供给。

第一个有人的信息是从村里最后一幢二层楼院里传出来的。我这时已经转到村后。这是村里唯一的楼房,上楼的石阶在北面。我听到的是孩子的哭叫声,声音尖利。我毫不犹豫地走上石阶推开门。我没想到我会看到女人们。

三个女人一字排开，靠在墙边昏昏欲睡。我不好意思讲我的窘态，我只能告诉你，她们下身都没有穿衣服，都只是在上身穿着汉人式样的旧布衣，三个人都敞着怀，露出奶子。其中有一个人身上趴着个男孩在吮奶头，看得出这就是刚才哭叫声的来源。

我知道我走错了地方。不过三个女人似乎都没注意到我，只有那个男孩的眼珠往我这边溜来溜去。女人们闭着眼，舒舒服服地享受着阳光的沐浴。我像所有敏感的年轻男人一样，特别注意到她们有意把腿叉得很开，像专门晒那个地方。我当然不会盯住她们，我也没有像个冒失鬼似的转身跑开。

准确地说，这不能叫楼，它只不过是两间小小的房上房罢了。住人的小房间建在东厢屋顶上，又在正房屋顶北面垒起一道一人多高的石墙。正房屋顶成了这几个女居民的日常活动场所。住房在东面，西面则堆放着一些用来做烧柴的矮棵植物。看来这里没有居住男人。

我站在门口，进退维谷。我没有看到女人们的脸。凭着一瞥瞬间的印象，我认定有男孩的女人还很年轻。我想我不该走进去。就在我转过身的同时，一个声音传过来了。

"我会说汉话。"

我只能重新转回身去，这时我看到了那个有男孩吃奶的女人的脸。是她在对我说话。

| 虚 构

我说:"我也说汉话。"

我不知道我是否在发抖,那张女人的面孔叫我毛骨悚然。鼻子已经烂没了,整个脸像被严重烧伤后落了疤,皮肤发亮,紧绷绷的。

她表情奇特,两个瞳仁外斜,像在看我又不像在看我。她说:"你是拉萨来的。拉萨来的人说汉话。"

我说:"你到过拉萨吗?"

她说:"拉萨是个大地方……"

我说:"是个大地方。你是什么地方的?"

她说:"我到过昌都。听人说,拉萨比昌都还大,我想拉萨一定很大。"

我说:"你怎么会说汉话呢?"

她说:"我们那里的人都会说汉话。"

我说:"你男人呢?"

她说:"你问的哪一个?男人都在他们自己的房子里。这里都是女人,还有孩子。"

我说:"你来的时间很长了吗?"

她说:"山绿了又绿。"她拍拍男孩的脑壳,"他是到这里生下来的。你进来吧。"

我说:"医生每天都到村里来吗?"

她说:"听说换了两个,我没见过呢。"

我下意识地"噢、噢"了两声，连自己也不知道要表达什么意思。我不知道再该说点什么，就转身往下去了。到了石阶下，我又想起该问一下村里是否还有会说汉话的，我重新想走上石阶。这时我发现刚才的四个人正都扒着门框看我。

五

她是村里唯一会说汉话的人。

我没有别的选择。我让她转告她们穿上衣服。我看得出她们三个年龄都不大，只是另外两个干瘪瘦弱。她们三个人面目极其相似。

她比另外两个多一点生气也丰满得多。我跟着她进了他们的房间。这一间都是她的，她和她的孩子。我犹豫了一下坐在一个木椅上。

她说："那个矮的是痴呆，高的腰坏了。她们都不能生孩子。"

孩子刚刚能走动，可是眼睛里却有某种看了叫人心悸的老成。他扭着脸看我，一边蹒跚地朝门外走。阳光照在他赤条条的身体上，使他看上去像有几分透明了。

她说："他什么都懂，有人来他就出去。"

以我们看来，她的话里暗示着某种东西。我得说这是我们的错觉。她不是我们熟悉的那一类女人，这是我在以后几天里通过接触观察得出的结论。

我告诉她，我要在村里住几天。

她说："没有一个外来人住村子里，他们都是跟医生一起来，转了一圈又一起走掉。他们不住村子里。村子里没有外人住的地方。"

我肯定地告诉她，我要在村子里住几天。然后我说："我不会藏话。我只能说汉话。"

她说："你说汉话吧。"

她说话的时候，我下意识地看她没有鼻子的两个鼻孔。我说话的时候心不在焉。我甚至忘了恐怖。我只是觉得她脸上的这两个小洞非常滑稽，滑稽到荒唐的程度。

我说："我这样一个外来人到村里，村里的人会不高兴吧？"

她说："村里的人不会注意你。别人的事跟他们没有关系。来送粮食的和来放电影的才会引起他们的注意。他们不注意别的外来人。"过了一会她又说话了，"你要到村里去。外来的人都在村里转来转去。他们都有医生陪着。你只有一个人，没有人陪你来。"

我说："我一个人来的。我不要医生陪。"

她说:"我陪你到村里去。你可以问我。"

我说:"问你什么?"

她说:"你要问什么就问什么。我比那些医生知道得多。"她说话中间总要间断,我过了一段时间才逐渐习惯了。"我住在村里。"

出门以前,我想起一件事。

我说:"你抱着孩子,我给你们照相。"

她说:"我不照相,我不懂照相。"

我从挎包里拿出随身带着的小相册。我找出一张我的彩照指给她看。

她毫不犹豫地说:"这个是你。"

我就势告诉她,我可以把她也留在这样的东西上。她摇了摇头。

她说:"我懂。我不照相。我不懂照相。"

她的话自相矛盾,不过我猜到了她要表达的意思。她是说她知道(懂)照相这件事,但是她不懂为什么照相会把人移到东西(纸)上面去?她不要别人给她照相。我记起一本书里写过一个类似的故事,说的是没经过现代文明的人见了照相,以为是摄魂术,以为照相之后人的魂魄就被装到那个小盒子里(照相机)去了。我知道这个细节在我未来的那部杰作里将要出现。看来她曾经见过照相或摄影或摄像。

她不想照，我只得作罢。

后来证明我又犯了自以为是的错误。我忘了这里的人们不止一次地看过电影。摄影这种事对于他们并非我想的那样难于理解。她说不懂，说不要照相其实另有原因。那是后话。

六

村子中部偏南是一块空地，空地两端各立着一个简易篮球架。黄昏时分，人们陆续汇聚到空地附近。这大概是村里唯一的公共场所。

我和她站在离空地稍远的地方。她表情安闲恬淡，手里拉着那个蹒跚学步的男孩。我没有拿出相机。

正如她说的那样，村里的居民好像完全没注意到多了我这个生人。

这里的人大多面相淡漠，一副无所欲求的样子。我觉得那些绷紧的皮肤并不如刚见时那么可怕。夕阳的黄色光芒照在这些脸上，使它们更富幻想色彩。没有人对别人表示关注，这个发现使我一直紧张的神经慢慢松弛下来了。

病兆使他们许多人看上去模样相似，一样的塌鼻梁，一样的皮肤发亮，连两眼距离过宽也都是一样的。我格外注意到许多人斜视。

我说:"他们走路都慢吞吞的。"

她说:"他们用不着快走。"

我说:"有人玩篮球吗?"

她转过脸看了我一眼,好像奇怪我怎么问这种问题。我不明白。不过我马上就明白了。

有一个年轻的男人拍着篮球从南面的房子转过来,立刻有另外一些男人响应。他们吹口哨,叫喊,显出了出人意料的生气。

我注意到,上场打球的男人有一些已经不年轻;他们同样分成两伙。没有裁判,因此比赛看上去一团糟,有点像橄榄球赛。

她在一旁像是解说:"男人到了晚上都来打球。"

我"噢"了一声。她又说:"你去打球吧。男人应该打球。"

我意识到她在说什么,我不能再心不在焉地随便答应了。我是个篮球好手。不过这时我无意以此来向她炫耀。

比赛吸引了所有的人,我们也随着人群一点一点凑到球场周围。她抱了孩子站在人群里层,我站在她身边。

打球的人中有个小个子突出地灵活,我估计他有四十岁左右。他是所有球员中唯一懂得运球和投篮要领的人。他一个人投进了几次,每次都赢得一片起哄式的喝彩。

他又投进了一个球。就在大家起哄时,她用肩膀撞了我一下,然后用手拍拍男孩。

她说:"是他的儿子。"

我就是傻子也听得出她话里的自豪意味。

她又说:"他有时过来跟我睡觉。"

她说话时全不放低声音,我们周围挤满了观战的人们。她不在乎,我脸却红了。

接下来发生的事使我来不及多想,篮球不知受了什么东西吸引,突如其来滚到我脚下。我用脚尖一踮,球就到了我手里。

我当时后悔自己太冒失,不过我的确来不及多想。我站在场外偏东一侧,离球篮少说也有十步远,我运足力气,压腕将球投出。

我不说你们也能猜到,天公作美球进了,而且空心入篮。没有网,太可惜了。

我终于引起了玛曲村民的关注,所有的人都在为我叫好。我成了大家目光的焦点,所谓众目睽睽。我当时后悔的就是我自己暴露了。

也就是在这个瞬间里,我发现两个不那么友好的人的注视。一个是那个打球的小个子男人。另一个已经相当年迈,个子高高的,背驼得很厉害;他的干皱的脸上没有胡子,很像一枚陈年核桃。他是所有村民中唯一没有发滞神情的人。而且他皮肤晦暗,看不出麻风病人那种显而易见的征兆。

村民们马上把我忘掉,比赛继续了。

七

我一个人悄悄挤出人群。

刚才的那一阵子,我几乎忘了自己身在何处。我自己绝没想到,置身麻风病患者中间,我会这样从容。我觉得背后有人看我。

人的第六感觉经常惊人地准确。我一下认出了他。他见我回头忙扭过脸去。那时我还不知道他第二天早上会和我一起爬山。

我站了一下,等着他再次回头。他果然没有辜负我的期待。他用与他年龄不相称的敏捷迅速回头看了我一下,然后再也不回头地走进人群。太阳已经走到山脊上,天就要黑了。

我正考虑是否与她道一下别时,她抱着男孩向我走过来了。她脚步很重,在地上踏出咚咚的声响。她来到我跟前,把孩子放到地上。

她说:"哑巴总是盯着外来人,别怕他。"

我说:"哑巴是哪一个?"

她说:"驼背的老人。他很老实。"

我说:"他一个人在这儿吗?我是说,他在这儿还有亲人吗?"

她说:"他是村里年龄最大的,他一个人住在村西南角那个小房子里。他不和别的人来往。他每天一个人往北面山上爬。"

我说:"什么时候?"

她说:"早上吃糌粑的时候。"

我说:"我明天再来。"

她说:"夜里外面冷。要下雨了。"

我不明白她为什么说这个。我没告诉她我准备睡在什么地方,莫名其妙。还有,现在满天湛蓝,刚有几颗亮星在闪烁。

我说:"我走啦。"

她坚持说:"要下雨,外面冷。"

外面不冷。我在心里暗笑她,她又说下雨又说冷,我睁着眼躺在睡袋里看满天亮星,一点也不冷。我的这处泄洪道位置很不错,背风而且安静,我不知道我是什么时候睡的。

不过我记得,在睡着以前我决定明天早一点到村后去等那个每天爬山的哑巴老人。

我做了一些关于拉萨的梦。我梦见了拉萨的朋友和八角街朝佛的康巴女人。凉雨把我从梦里打了出来，真的下起雨了。

我慌里慌张地从睡袋里爬出来。天阴得像黑锅底，不留一丝缝隙。雨点很大但是很疏，伴着阵阵冷风。我冻得哆嗦不止，又得抱着团成一卷的睡袋和食品。我怕地上潮湿，只能在沟里走来走去以求暖暖身子。我担心雨大起来会淋湿压缩干粮。我无处可投，虽然我明知道玛曲村就在不远处。

好在风很快吹散了雨云，天又晴了。我试探着用手触摸地面，这雨居然连地皮都没有打湿。可是气温至少降下十几度。我重新铺好睡袋躺下，这一夜剩下的时间我再没睡实。

我冻坏了。我觉得自己身上很热。

八

天刚泛白我就起身了。我几乎忘了要去村后等那个老哑巴，早上实在太冷了。可能我应该先进村子，到她的小屋子里打一声招呼。

我把背囊重新埋好。我没有先到她那去。

从山上回来，我远远就看见她的房子。她们住的小楼正好处在这个沟的沟口，我很奇怪自己有种急切的心情，步子也快了。

昨天黄昏时出来以后，我经历了多么奇特的一夜加半天啊。能再回到她的房间，这本身已经是了不起的奇迹了。

太阳愉快地悬在头顶，她的小门和石阶完全被小片阴影笼罩了。那是一块多么凉爽多么叫人愉快的阴影啊。

走近时，我看出了她一个人坐在门槛。她一动不动，她的剪影就像一帧剪纸作品。在我走进了这幢房子的阴影时，她站起身走入门内并且把门关了。我站在石阶前，一时愣住了。

我有点饿了，我不想饿着肚皮在村里逛来逛去。于是我坐在石阶第一级上，拿出点心慢慢咀嚼。一边吃，我一边想着下一步我该做的事。如果她不再接待我，我就要一个人闯这个世界了。我已经揭开了帷幕的一角，我自想可以最终进入其中。不过我也知道以后将更不容易，我知道全村仅有的两个说汉话的人都不会帮我。语言不通，我能行吗？

我没有把握。可能是因为坐在阴凉的石上的缘故，我突然剧烈地咳嗽起来。一咳就是十几次，连续不断，使我喘不过气。一阵剧咳之后，我感到肺里又热又胀。我大概病了。

我听到身后的那扇门开了。我站在那，我没有回头。我听着她走下石阶的脚步。

一，二，三，四，五，六，七，八，九，十，十一。她已经到了我身后，我仍然没有回头。我似乎像个孩子，以孩子的方式赌气，我绝不首先跟她说话。

我又猛烈地咳嗽起来，止也止不住，直咳到满脸通红头皮发炸。这时她说话了。

她说："上去吧。"

我第一个念头是要摇头拒绝，但我马上否决了这个卑劣的想法。她不是我什么人，她甚至不是我熟悉的那个世界中的人，我有什么权力——我为什么？

我乖乖地走在前面，我脑子里机械地数着石阶，是十一级。我进了门。她跟在我身后。

除了她不在那个位置上，门后的情形跟昨天完全一样。她的位置在里面，现在那里是她的儿子。另外两人倚着墙半眯半睡，裸着下身晒太阳。她对我示意，要我到屋子里去。

她的屋前，铁皮炉子里噼噼叭叭地燃烧，给烟火熏得漆黑的茶壶沸腾着，散出好闻的奶茶气味。我禁不住咽了口唾沫。

我进屋坐到卡垫上，这时我看到了什么？我没法相信自己的眼睛，我的背囊！我伸手抓了一把，没错。里面是软软的鸭绒睡袋，还有罐头和压缩干粮。我把背囊塞到背后，舒舒服服地靠倚着。

她不说话，我也懒得开口。她给我倒了一杯茶，然后出了屋子。我透过窗子看到她又回到她们中间,回到她的位置,把孩子放在怀里,解开衣服给孩子喂奶。她与另外两个女人不同的是她穿了一条裤子。

茶非常热,我等着凉一点再喝,可我等不得茶凉就睡着了。这个白天余下的时间我一直在沉睡,我没做梦。我知道在睡着的时候我仍然不时咳上一阵。我感到口干舌燥,我渴得要死,可我困得睁不开眼。

我醒过来的第一个举动是找水喝。我抓起藏桌上的茶杯一饮而尽,好香的凉奶茶!这时我发现天已经蒙蒙黑了。房子里没人,房子外面也没人。我想起昨晚,我想她们一定都在球场附近。我的头像被什么硬物敲了一下,疼得非常厉害,我只能重新靠在背囊上。

就是这时我还没发觉自己做了多么可怕的事:我用麻风病患者的杯子喝了满满一杯茶。我没有再睡,我的昏昏沉沉的意识像一只受伤的小鸟,飞不了多高多远可又不肯落到地上。

我又咳了起来,嗓子像裂开一样痛。玛曲村成了一件往事,仿佛隔了很多时间。我记不得那个女人的模样了,可我盼着她来,盼着马上回到她身边去。我隐约记得我打开睡袋铺到屋里地上,我坚持睡在地上,结果睡在睡袋里的是那个男孩。我还记得她给我嘴里塞了白色药片,好像是她问医生要的,好像她说来的是那个女医生。我还是第一次丧失时间概念,我的感受时间的那根神经肯定搭错位置了。那个晚上我发了一夜高烧，天亮时我才沉沉睡去。后来她说我整夜都在说话，又说不清楚。她说她一夜没睡。我就这样成了她的病人。

九

有整整两天时间我足不出户。她不允许，另外我也确实非常虚弱。

我最多被允许走到她房间门口。我坐在那个旧木椅上百无聊赖地观望这个小小的屋顶平台。我从早到晚地看着两个邻居，倒也发现了一些非常有趣的现象。

白天她经常出去，有时带着孩子，有时就把孩子留在家里。留在家里的时候，孩子很少自己到两个女人那儿去晒太阳，他一动不动地坐在卡垫上看我。我也看着他。我觉得他在研究我，被一个大约一岁的婴儿注视不是件叫人愉快的事。他目光深不可测，额头上有三道浅浅的肤纹。我喜欢和他对视，这是一种可以愉悦心性的游戏，前提是你不要总是认定自己被对方猜度。我在心里单方面约定，比试看谁后眨眼，一次不行，要比九十九次。

我反正有的是时间。遗憾的是我没比上九次，就对自己丧失了信心。九次里我只赢了一次，而这一次还是在他连续六次保持不败后才眨的。换一句话说，我眨了六次以后，他只眨过一次。实力悬殊，我无心恋战了。

我的眼睛又涩又疼，我就不该进行这种游戏。这个游戏的唯一好处是我忘记被这个小精灵研究，被他研究可是太不舒服了。

我又想出了新主意。因为我自己无聊得要死，所以我的主意也都是些无聊的主意。我把他抱到我膝上（他竟轻得出人意料），让他脸对脸看着我，我又把自己左手食指放到自己两眼中间，我成了对眼，两个黑瞳仁聚到两眼内侧。这是我的一手绝活，我知道这时我的样子非常滑稽。他果然被逗笑了，这是我认识他这几十个小时以来他的第一笑。

他笑的时候就不那么老成了，不再是那种潜心研究别人的神态。我决定把这手绝活教给他。他真是聪明绝顶，我只消把手指往他两眼中间一指，他的两个小小的黑瞳仁立刻并拢，那样子真是说不出的可爱。

我大笑起来，他也和我一起笑个不停。

我是过了好一阵才发现问题的。我的手指不再指他，他仍然瞳仁并拢一副对眼相，我叫他喊他都没有效果。我知道出了毛病。我两手抓住他的小脑瓜晃了两晃，还是老样子。我真的急了。我想起一个著名的故事，讲一个老朽文人中了状元欢喜疯了，被他丈人一个嘴巴打回清醒境界。我没有多想，抽手一个嘴巴，他立刻大哭起来，惹得那两个迟钝女人也一起扭头往这边看。我一看他嘴里流血，心里有些不是滋味；不过毕竟这个嘴巴结束了关于小对眼儿的无聊故事。

不是有个哲人说过，"人到无聊比什么都可怕"吗？我被禁囿了两天以至如此，那么另外一些禁囿在此终年的人，他们的生活也许仅用无聊就不够了。比如那两个女人，我这几天的邻居。她们其实是她的邻居，名副其实。我只不过是个外来人，是她的临时房客。

我注意观察了很长时间，这两个女人彼此不说一句话。两个人中较矮的那个更迟钝些，无时无刻不在流口水。早上是她先起身活动，来回进出她们住的房间几次，还有一次出了大门。她早上是穿着裤子活动的，太阳出来以后她又搀出同样穿裤子的高个子。她把她搀到墙根坐下，坐下后她们彼此就极少交流了。她们各坐各的。她看天时，她可能已经在打瞌睡。我还注意到她们各自的位置是固定的。

这样大约坐了两小时以后，她们开始坐不住了。高的扭动脖子，矮的则把手伸到衣服里用力搔痒。动了一阵，高的从衣服的什么地方摸出一个小铁盒，小心翼翼地扭开盒盖，轻轻地倒出一点东西在左手拇指甲上，然后把这个拇指甲再倒进鼻孔里。我看她用力地吸了一下鼻子，脸相怪模怪样地抬向空中，

| 虚构

过了好一阵用力打了个喷嚏，神态极满足。这个全过程被矮女人看在眼里，迟钝的脸上也露出了羡慕。

我不知道这是否就是鼻烟，可我看得出这是她们极其重要的一份精神享受。高个子又在重复刚才的准备动作，不过这一次她是为同伴准备的。当她把拇指伸向矮个儿鼻孔时，我看得眼睛都湿润了。矮个儿的鼻涕沾了高个子的拇指，高个子全然不顾。她像自己吸一样专注，一直凝神看着矮个儿打出喷嚏。

非常可惜，这一幕到此为止，我甚至在以后几天里也没看到第二次。于是她们又回复到一贯的姿态，坐着不动，各坐各的。

天近中午时开始热起来，又是矮个儿先动手脱了裤子，接着敞开怀，让太阳尽情抚摸。高个子脱得晚一些，她比矮个儿更瘦，她们已经晒得非常黑，肤色看上去已经完全没有质感了。我不明白她们为什么这样迷恋阳光。

午饭是矮个儿去取来的，是个搪瓷钵，舀了满满一钵糌粑面。矮个儿女人又拿了一钵水坐回到自己的位置。两个人不声不响，各自用水把糌粑捏成团，之后放到嘴里一块，有板有眼地咀嚼一阵，最后扬起脖子费力地咽下去。

看得出她们食欲都还好。

饭后她们东倒西歪地睡了，睡得很沉，相信打雷也不会惊醒她们。大约两三个小时以后她们才会醒来，先是坐着伸伸腰腿，以后就又不再动作，安静地坐到太阳西斜。

她们两个都不去球场。她们先搀扶着到大门外走一遭，估计是解手，回来就进到自己屋里，关上门一直到次日早上。我想，她们不至于每天吃一顿饭，估计早饭和晚饭是在房间用过的。我看到，她们用的水都是我的女房东用一只小木桶提来的。她们不烧茶。

有时，男孩也自己走出去，走到她们俩跟前。这种时候离男孩近的人必定要伸出手，拉住男孩的小手。我注意到，她们都不抱他，可是看得出她们也都爱他。她们愿意把自己的时间匀出一些给他，假如他有事要她们帮忙，我想她俩谁都不会拒绝的。

开始我没注意到下面的房子里也住着人，而且不止一个两个。她们都很少说话，动作也都轻轻的。我先是听到一声门响，才知道下面还有一个活生生的世界。我看到的先后有五个老年妇女，她们都是单个行动，不声不响地进进出出，就像哑剧中的配角演员，也像幽灵。看得出，她们在这里都没有亲人，她们一些人混住在一起，可是她们互不往来。我甚至想到连她们的灵魂都是孤独的，如果她们真有灵魂的话。她们的头发全都花白了。

她说下面总共住着六个人，"但是有一个已经全瘫了很久，她从不出屋"。

"她们都不会说话吗?""都说话。她们很少说话,没有什么可说的。""还有,楼上两个人也都不说话。""矮的想说说不出,高的能说不想说。""都是藏族吗?""有一些汉人,有一些回族,有一些珞巴人。""你不是说,没有人会说汉话吗?""是这里土生土长的汉人,他们说藏话。这里没有人说汉话。""下面那些老人出去干什么?她们都出去。""我也出去。我们出去转经。村子西面有两棵神树,我们到神树转经。""你信佛?"

话刚出口我就后悔了。我马上意识到我犯了错误。那两棵树很高,我只是远远看过它。

"我总得做点事。我不能像她们,"她用手指指隔壁房间,"那样总是晒太阳。"

我心里有什么东西被拽了一下。

十

"这两天,村里人都说老哑巴疯了。平时他除了爬山很少出门,可他两天不爬山了,一大早就在村里转来转去,他从来不在村里转来转去的。他不停地走,大家都说他疯了。"

"他为什么要在村里来回走呢?"

"没有人知道他为什么转来转去。他从早走到晚,可是他再也不去爬山了。"

"也没有人知道他为什么爬山吗?"

"没有人知道谁为什么爬山,没有人知道谁为什么转经,没有人知道谁为什么晒太阳。"

如果我不是自作多情,我敢断定他是在找我。我是知道他一些底蕴的人,他一定后悔让我知道,他慌了。也许他要做出什么举动来弥补他的饶舌,我想起了两天前的上午,想起那个可以直着腰走进去的山洞,我觉得汗毛孔发炸,头皮针刺一样钻心地痒。

"我说我读过书,我认得许多汉字。"

"你说什么?"我心绪烦乱,我不知道她说的话的实际意义。

"你有点累了。你的病没好。你躺一下。我要出去了。"

"你说你读过书,你说认得许多汉字?"

"你睡一会儿。你白天总要睡一会儿。"

她扶我躺下,自己走到外面。

我不想睡。她为什么告诉我这个?她说话坦坦白白,从不闪烁其词。而且我早就注意到她用语非常简单,但是同时又非常特别。她说话没有疑问,还原成文字没有问号。我是个写小说的作家,我格外注意人们说话的情形,我知道她的情况极为罕见。她的思维跟我们绝大多数人不一样,我们的思维尽管跳跃幅度大,总是有问号。没有问号的思维真是一桩奇迹。对她来说,现存的一切都是现成的,一目了然没有任何问题。刚才她说她读过书。

头疼。

房间里闷得太久了。我要出去走走。我想她一定已经走了,我不希望在门口或是在村里碰到她。离黄昏还有一段时间,村里几乎没有人走动。她什么也没有说,我猜她不一定又去转经。我来以后,她说的那个打篮球的小个男人没来过。听说话的口气,那是她的男人,他不来,难道她不会去?也许是我胡思乱想,我想说我考虑到这个问题时不掺一点妒忌成分。我拿不准,我这样说是不是有点此地无银三百两?不管怎么说,我认定了她是去找他。

我的打扰一定使她烦了。我在她家妨碍了她的正常生活。我是否应该考虑不再住她那?这两天我睡卡垫,孩子睡睡袋,好像她一直没睡过。我睡下的时候,她坐在地上拍孩子,我醒时她已经在屋里屋外做什么事了。这几天我非常能睡,躺下一觉到天亮,夜里即使天塌下来,我也只能稀里糊涂睡着去死。

有人跟在我身后。距离还远。

我不回头。我知道那是谁。我慢慢走,等着他逐渐走近。

他不走近，估计他也放慢了步子。我不知道他为什么如此。我决定给他来个突然袭击。

我给自己下了口令。我按口令也按规范向后转走，我们面对面了。我大步向他走过去，我认定他会惊慌失措，他不会料到我这一手。我很快走到他跟前。我站下了。

我说："你两天没去爬山了。"

他竟全不理睬我，视若无睹地从我身旁走过去。我呆住了。过了好一阵我才想起，他是哑巴。他在这个村里当了几十年哑巴了。他不会轻易改变这个形象。看来是我唐突。尽管村里看不到人影，可谁也不能说我和他谈话不被人撞见。我决定再和他几次交臂而过，我抄近路截他的路，我也像他一样在村里走了几回。

后来他不再转小路，他回自己住处去了。

我不想跟着他，但我注定要到他住的地方去一次，这是后话。

又快到黄昏了。我开始往回走。这时我才想起刚才没有结果的问题：我要从她家里搬出来吗？这不仅仅是我一个人的问题。

我决定，这件事由她来决定。

走上台阶以后，我完全没想到会看到打球的小个子男人。他在逗他的儿子，他回头朝我笑了一下。我发现我喜欢这个人。

我进到屋里，我又猜错了，她不在，说明她不是去找他。我坐到卡垫上，透过窗子看那幅天伦之乐的图画。

爸爸脸上扮出各种怪相，儿子则嘻嘻地笑个不停。爸爸把儿子从背后举到与自己同高，儿子却执意要扭头看爸爸的脸。显然这是个经典游戏。他们以这个方式捉迷藏，当爸爸的把头躲来躲去，以至脸完全贴上儿子的屁股。

就在这时事情发生了戏剧性变化。爸爸单方面地放弃了游戏，把儿子放到地上。儿子的笑凝在脸上，叫人难以忘怀。爸爸变得惶恐，一副心不在焉的样子，原来是她回来了。

我密切注视事态发展。

她不理他，他也没正眼看她一眼。他只一味看着脚下。她从他身边走过去，弯身抱起孩子往屋里来，他匆匆忙忙瞥了他们母子一眼转身出了大门。这又是怎么回事呢？

晚饭我拿出一筒猪肉罐头打开。我看着他们母子几下就吃光了。我心里很痛快。她有点不好意思，说："好吃。"

十一

这个晚上我没有睡意，我想大概是因为体力逐渐恢复的缘故。我照常先躺下，我盖着母子俩仅有的一床羊毛被。我为了不使她在意，把脸转向里面，我一动不动地躺在那儿。

房间里黑黝黝的，能见度很差。我从声音判断她已经躺下，好像就躺在我旁边不远的地上。我强忍着不翻身看一下她铺盖什么，夜间很凉，我心里非常难受。

我一动不动地躺着，睁着眼。我渐渐习惯了黑暗，我数数儿消磨时间，一百为一单元，我一直数到三千三百三十三。我还是睡不着，我听得出她已经睡了。于是我轻轻转过身来。

竟有微弱的月光从窗子照进来，我想一定是弯弯的月牙。借着月光，我看到她裹了一件翻皮毛的藏袍，她的脸侧向外面，只听见酣睡的鼻息。她的一条光腿从袍襟伸出来，圆滚滚地泛着浅浅的光泽。

气温很低，我露在外面的脸是最敏感的温度计。我的鼻尖冰凉，身子在羊毛被下蜷缩成一团。这时我看到她露在外面的腿下意识地往里收缩了一下。她肯定比我要冷得多。

我毕竟是个五大三粗的男人，我受不了这个。我有羽绒服，没有羊毛被我怎么也能应付过去。我凭什么？我一骨碌坐起来，用脚试探着找到鞋，我把羊毛被轻轻盖到她身上，特别为她盖上裸露的小腿。

我重新坐到卡垫上，心里涌出莫名的温暖感觉。我坐着，看着充满月光的小窗，一点也不想睡，甚至不想躺下。我索性闭了眼。

我想起她坐在门槛等着我回来,想起她关了门以后我的胡思乱想。我觉得我认识她已经一辈子了,这些事是那么遥远又那么亲切。我弄不明白她怎么把我的背囊找回来的,还有她像先知一样告诉我那天夜里会下雨。想起下雨我仍然禁不住从心里打战,我于是又想起厚厚的羊毛被沉重地压到身上时那种感觉。我这时觉到了羊毛被的温暖又带点膻味儿的覆盖。我不睁眼,我怕我再从那种感觉中走出来。

盖在膝上的羽绒服掉到地上,我无意捡起,我凭直感知道她紧靠着我的肩膀是赤裸着的。我们披着羊毛被坐着,彼此无话可说。

我是男人,应该是我。我把手放在她的大腿上,她把手放到我手上,我们不约而同地在手掌上用力。什么都不需要说。她全身光着,我们干吗还干坐在那儿?让羊毛被把我们两个人一起覆盖吧。这个玛曲村之夜是温馨的。

我永远也忘不了她做爱时的激情。我知道这种激情的后果也许将使我的余生留下阴影,但我绝不会为此懊悔。我当时并不清醒,我的理智早被她的热情烧成了灰烬。不过如果有机会让我重新选择的话,我还是不要那该死的理智。我做了一次疯狂的奉献。后来我们睡了,在梦里我们仍然紧抱在一起,羊毛被使我们浑身汗津津的。我们睡得真沉。我真心希望就这样一直睡到来世。

非常奇怪的一件事是我既然在沉睡,又怎么能去希望呢?我向来不问自己这类傻问题。

太阳又升起来了。

我已经躺了很久,我还有许多事要做。

十二

我想知道我到玛曲几天了,我以为这是件再容易不过的事。可是我掰着手指算了又算,仍然算不出个一二三来。我的时间观念依赖钟表。我来时匆忙,竟忘了戴手表,我的手表有日历。我记得我是过了"五一"从拉萨出来的,五月二日,路上走了两天应该是五月三日。

我倾向借助现成的事物来假设。我喜欢时间上用七;重复的经验,六比较合我的意。我凭直感断定,我在玛曲的时间已经过了一半,我就假设是四天吧。那么今天应该是第五天。说实在话,我不太喜欢五,这是个带着阴郁色彩的数字。不过这没办法。

早上阴天。云层很高,又高又稳,看来短时间不会转晴。我首先否定了要搬出她家的想法;其次,我决定今天要做的第二件事是到神树去。第一件昨天就决定了的,我记得老哑巴的家在村子的西南角上。

我要先确定一件事。我站到大门口向北翘望,如果我猜得不错,他这个时间应该在爬山途中。我站了很长时间,细心地看了又看,我得承认我感觉出了毛病。没有他的影子。

我以为昨晚他已经找到了我,他大概就不会疯疯傻傻地在村里转圈子了,他一定会重新回到原来的生活节奏,他应该在今早来爬山。

看来,应该——仅仅是一种愿望。

我不想耽搁,我辨别方位,走最近的路,我走到他住的房子只用了一支烟的时间。

他的房子非常矮小,且没有一般藏式房屋必不可少的院墙。他的背驼得那么厉害,肯定与长时间住在这个小房子里有关。

门虚掩着。我没敲门,我不想让屋里的人有所准备。我想突然闯进去,也许我会发现什么奇迹。我推门和移动脚步都很轻,不留心绝不会注意有人进来了。进来的这个瞬间我才发现我失策了。整个房间没有窗子,能见度极差。这样,屋子里的人看我一清二楚,可我由于刚从强光下进来,眼睛不能适应,什么也看不见。我只知道头碰到屋顶,我低下头。我还听到一种叫人恐怖的声音,像恶狗扑食时发出的那种低吠。我感到紧张,浑身钻心地刺痒起来。可是我不便退却,我要是就这样退出来可太荒唐了。我决定站着不动,我知道用不了多久我的眼睛就可以适应。

这一次我没错。几分钟以后我可以分辨出屋里的情形。他不在。在他睡觉的卡垫上卧着一条老狗。那真是一条老狗,已经老得一目了然,牙已经掉光了。然而它到底是狗,它的记忆里肯定深深地刻着往日的威猛,它用只有威猛的动物才可能有的声音恫吓我。很有效果。它的目光充满敌意,我不明白它为什么这样不友好?它的歹毒毫无来由。

我不在乎它。我甚至不在乎有犬牙的猛犬——我摔跤拳击都搞过,一条狗算不了什么。凭它没牙的老样子,它的吠叫有点装腔作势。我觉得很滑稽。它卧的姿势很特别,细看我才发现它只有一条前腿。是个残废,看来在他这里领残废津贴。我之所以不厌其详地写它,是因为除了它,这间屋子里就再没有什么可以一提的了。另外它的确引人注目,当然这里面另有其他因素。它的耳朵被人用剪子齐根剪掉。

我躺了两天多,心里无聊得要死,我很想找点够刺激的事。我希望它扑上来,好给我一个痛打它一顿的理由。看它那副凶模样,我估计我再向前一步它就不让了。我因此向它前进了两三步,奇怪的是它居然没脾气了,它不再吠叫。我再向前时它开始蜷缩起身体,露出一副可怜巴巴的样子。它的眼神仍然是陌生的,这是个可怜的家伙,我没兴致理它了。

我想在这个有枪又装哑巴又说汉话的老人家里发现点不同寻常的东西,我仔细察看房间的几个角落。除了铁皮炉子、钢精水壶和一堆趴地松烧柴,还有一双破得不能再破的老式皮鞋、一个藏式方桌、一个木桶、一个唐古(糌粑口袋)和两只木碗。墙壁上光秃秃的,没有粘贴任何东西。如果说这个房子里能藏点东西的话,我估计只有卡垫木架的下面。

我单膝跪下,把脸侧贴向地面向卡垫下观望,我发现有件东西。我看不清是什么,但可以断定不是鞋。我走近卡垫,它更怕了,竟将肚皮翻过来向上,恐惧地抖个不停。

我用脚探到下面,没费力气就拨出了那件东西。是个旧军队的大檐帽,前面正中嵌着一枚青天白日大徽章。我这下吃惊不小,连忙把大檐帽重新踢到卡垫下面,心脏突突地跳个不停。这时门被推开了,泛滥的阳光泻了进来,不用说是他回来了。

十三

他和我一样,他没有马上发现我在屋里。他先转身关了门。这时它突然快活地叫起来。我吓了一跳。他用枪口对着我的全部细节，我仍然记忆犹新。我不想惊扰他，我决定先开口说话，让他有个思想准备。

"我在这儿等你好一阵子了。"

我以为他会惊讶屋子里有人。他不惊讶，好像我说话他根本没听见。

"你为什么没去爬山？"

他走到卡垫跟前，用手为狗肚子搔痒。

狗显得特别快活，愈发伸展开肚皮，并且尽力叉开两条后腿。我看出这是条母狗，好像从来没下过崽子，因为三对小奶子像公狗一样小而干瘪。没下过狗崽儿的老母狗极为罕见，至少我从没见过。我又一次先开口了。

"你不记得我了吗？"我小声问他。

他充耳不闻，我以为他为了小心，怕隔墙有耳。我再一次放低声音："你不记得我了？"

他只顾低头为狗搔痒，我看不见他的脸，可我看到那狗的发情一般的神态，我心里咯噔了一下。我不敢想那种假设。

我没法把那个大檐帽、那支盒子枪和眼前这个又瘦又驼的干巴老头联系到一起。我尤其想不出他怎么度过了这三十多年。

我乍着胆子用手碰了他一下，他抬起头，完全是一副痴呆相。这不可能是装出来的，我凭我的全部经验起誓。我怀疑自

| 虚 构

己的记忆，我不知道几天前山上的一幕该怎样解释。他和她邻屋的矮个儿女人完全处在同一智力水准上，莫非他和他的枪只是我的妄想？我得了可怕的妄想症？我偷眼看卡垫下，那顶大檐帽明白无误地在那里，到底见什么鬼了？

另外一种解释也许能够成立：他真的像村里人说的，疯了？就在这两天里疯了？

我从心里推测了一下时间。解放西藏是一九五〇年，也就是说他在三十六年以前就进了玛曲，那么他为什么躲到这里来呢？难道他不知道麻风病会传染？如果知道（估计他不会不知道）还要进来，那么可以假想他在躲避生死攸关的追捕，进一步可以假想他犯了大罪（不犯大罪不至于冒这么大风险——我的推理）。那么，如果这种推理能够成立的话，他也许是国民党的一位要人，或许这位要人在解放西藏的时候神秘地失踪了。他在这里潜伏了三十六年了，他已经是个寿数极高的老人了。

我这么想的时候，心里开始发抖。假如他就是这样一个人，我现在已经落到他手里，恐怕凶多吉少。不过他似乎无意与我为难，我站在他身后，他一点也不戒备。他一副痴呆相。

我断定，他要么是个精神残废，要么是个最了不起的演员，是个魔鬼和凶恶的杀人犯。

我想溜出来，我不能坐以待毙，也许有机会逃出一条命。我想，他反正不理我，我何不试试运气？我拔脚的那个瞬间，又瞥了他和老母狗一眼。我被那情形震骇了。他的右手食指和中指正抠进狗的阴部。它舒服地闭着眼。

我轻而易举地从这个洞穴里逃出了性命。

我不明白他在家里还怕什么,他即使真的疯了,他说话的功能并没丧失。他总该说点什么吧,特别是疯了以后神经中枢紊乱,控制系统失调了,他不会再怕暴露真实身份。而且他不理睬我,他为什么拒绝承认我呢?

强烈的阳光使我自以为重新回到了我生活过三十多年的那个我熟悉的世界,我从他的小房子走向西边有树的地方,我不愿再去想他,我努力把有关他的全部细节忘掉。

有那么半天时间我做到了。因为神树。

十四

村子向西有约步行需要一小时的路程。

我可以看到前面有两个人,这两个人之间也拉开很大距离。我踩在一条小路上,小路很窄,只能容人单行。这里砾石滩还算平坦,完全不必非循着小路走,可事实上人们只走这条小路,这条路纯粹是日久年深踩出来的。我不想另辟蹊径,走现成的路也是惯性使然。

地势渐渐高起来了,我一路上坡,有点喘了。我站下歇息,回头看玛曲村。玛曲村了无生息,像一小片被遗弃的废墟。玛曲村处在一大片泥石流砾石滩上的边缘,远看那些小房子很像一些大块漂砾。这片石滩上很少泥土,因此也很少绿色的草皮。这里很像一块年轻的泥石流滩地,好像刚刚发生过翻天覆地的变化。然而身后那两棵大树提醒我,上一次山川剧变至少是千百年以前的故事。

后面又有两个人跟上来,由于上午顺光,我可以看得出是两个女人。她们都拉开距离,远远地相跟着往这边走。

我继续向前去,到神树已经没多远了。

这两棵树连根并生,极其粗大,是我所见过的最粗的树。我叫不出这树的名字。强光下它们簇拥着一大片阴凉。它们的绿叶非常鲜亮耀眼,可叶子生在很高的枝干上,看上去又过分遥远了。我听到一种悦耳的敲击声。

树下有几个人,缓慢地绕着树基逆时针转动。我抓紧拿出相机,从各种角度拍了几张。看来我的举动并未引起他们的注意。我记得,在拉萨转经的人们总是顺时针方向转动,我不明白其中的道理。还有拉萨转经不分男女,可这里却全部都是女人。我的照片可以记录下这里的情形,我带的是日本原装彩色负片,富士胶卷。前后有六个女人走进了我的取景框。

远景摄完我走进树下的阴影，这时意外地发现有个男人坐在两棵树的夹缝里。我非常惊奇居然会是他！那悦耳的声音是他弄出来的。

转经的人们另一个与拉萨不同的，是她们没有捻珠也不唱诵六字真言。她们几乎是闭着眼在走，步履机械有板有眼，她们的年龄都不算小了，我估计没有少于四十五岁的。当我刚断定她不在她们中间之后，她跟在我后面进入了转经行列。

她不看我，她像她们一样闭着眼，两腿机械地向前移动。别人那么虔诚，我不好意思一个劲儿地东张西望。我尽量不扭头，但我忍不住用眼角观察这个庄严的场面。

他在用锤子敲一块石头，那是一尊未完成的雕像。是个人头浮雕。想不到他是个造佛的匠人。树基周围没有经幡或哈达，有的是圆圆的小石子，有几十个浮雕人头像均匀地摆放在树基周围。我凭着不多的佛学知识，可以知道它们不是释迦牟尼、松赞干布和莲花生大师。它们甚至不像神态各异的欢喜佛。但是无论如何他造出了一些偶像，这些偶像与神树共存，供人们膜拜供奉。

我一路过来，阳光晒得浑身刺痒难禁。我本来该在阴凉下歇一歇。我奇怪我这样跟着她们转了许多圈之后，搔痒不知不觉消失了。

好像她们每个人都规定了转一定圈数，我看着先来的陆续走了,后来的也都走了,看太阳应该是吃午饭的时间了。我成了转经人中最后一个。她也已经走了。她走时也没看他或看我一眼。我觉得神清气爽,心情也平静得像一泊碧蓝的湖水。如果不是他向我摆手,我也许会继续转个不停。

他的话我不懂,可我懂了他的手势。他要我为他照相。我当然乐于效劳。我用手势让他继续凿雕石像,我从两个角度拍下了他工作时的情态,然后又为他拍了全身正面留影照。

我感到了他的善意,他对我是友好的。我们一路往回走,路上彼此没有任何交流。这时有种颤动从我心底处传导出来,我无端感到了深深的不安。我不知道缘由,我只是觉得要发生什么事,是大事。我们进村前分手,临走时我送了他一瓶猪肉罐头(和昨晚在她家吃的一样的),他高兴地收下,并且表示要送我一尊石浮雕。这真是意外。我心里兴奋得发抖。

十五

说不清道理,我觉到了将要离开的怅然。我第二次在黄昏来到篮球场。我虽然还没决定明天离开玛曲,但我凭直感知道这是我生平最后一次在他们中间。他们虽然和我们同时生存在这个星球上,各自的世界却是彼此不相通的——他们是弃儿。这么说很残酷，事实如此。

我知道，这里差不多集中了全村人，只有少数严重痴呆患者和老年妇女不在。我想在他们中间走一走，每张面孔都多看上两眼，看看他们中的一部分男人打球，看看其余的人自愿成为热情的观众。我不再怕别人注意我，我在人群中慢慢踱步。我注意到许多年轻女人或壮年女人都有好几个孩子，并且大小差不多。

这天夜里，我问她："我听说，好像，病……我是说你们，你们的病，传染？"

她说："我不太知道。别人怕我们。"

我说："听说特别遗传传染。就是，病人生孩子，孩子生下来就是麻风病人。"

这是我们谈话中首次提到病的名字。

她说："都这么说。没别的办法呀。"

我说："我见到好几个女人都生了很多孩子，她们不生不行吗？孩子生下来就是病人，做母亲的心里就不难受？"

"她们没别的办法，她们只得生了又生。"

"她们不懂，你也不懂？！你不是读过书吗？你为什么也要生？你太不负责任了。"

"不生也得生。也许我又怀上了，怀上你的，用不了多久我又要生了。"

"那就不要怀，不怀！"

我没发现我的歇斯底里又发作了，我的声音又重又疾。

"这种事情由不得女人，你应该明白。"

"那，那——为什么——不避孕？"

"你说的什么我不懂。你再说。"

我忘了我在什么地方。这种新名词新概念我怎么解释明白呢？我越来越不近人情了。

我说："那就不要……男人女人就不要在一起睡觉……"

"那么还干什么？这里的情形你都看到了——除了男人打球，除了和男人睡觉，你说女人还干什么？年轻女人没有别人去转经，只有我跟那些老太太们去。男人没别的事可干，女人也一样。让你说，不干这种事他们干什么？"

我想提醒她，为孩子们着想。我马上又觉得这话太空洞。我缄口了。

后来我想起告诉她，打球的小个子男人要送我一尊石浮雕像。她轻盈地笑了。

"他喜欢你。你叫人喜欢。"

她的话使我恼火，我又不是三岁的孩子。我不喜欢对我说这种话。我意外地发现了一个非常重大的变化：她刚才也生气的时候用了一连串的问号，一连三个"干什么？"这个发现使我无比欣喜，虽然别人会认为这根本算不了什么。我知道这个变化的意义。我不知道是否该把我的观察和发现告诉她,我没想好。

她说:"你知道他喜欢你。"

我郑重其事地点头首肯。

她说:"你不知道他是珞巴人。"

我的确不知道。我故意用极平静而又冷淡的口吻说:"我不知道。"

她说:"他们不喜欢珞巴人,他们不让我跟珞巴人来往。他早就不和我来往了。"

我不便问她说的——他们——指的是谁。她不解释有她的理由,也许不便解释吧。我又回忆起第一次在球场,她自豪地说孩子是他的——还有那次在她家里他们彼此冷淡。因为别人(他们)不让,她就抛弃他,这个事实使我生她的气,恨她,鄙视她。这时我真是不带一点妒忌地考虑这些事了。

我说:"你叫我愤怒。"

她说:"你常说我不懂的话。"

我说:"我为这个恨你,生你的气,瞧不起你!这下你懂了吧?"

她说:"你瞧不起我吧。"

她这么说,我竟不知道说什么好了。

十六

临睡以前，我又觉到了那种发生在心底深处的颤动。我开始把它当成了放纵的激动，我以为我过分累了。她已经睡得浑身松弛了，她的胀鼓鼓的胸膛和大腿贴紧我，我爱它们。我不在乎她乳头已经烂掉。我早就知道她的手指脚趾也都烂掉了半截。她是个温馨的女人，这比什么都要紧，我还知道另一件也很要紧的事——就是她爱我。有那么一个瞬间，我甚至想过留下来，留在他们中间，留在她身边。

我对自己说起了宽心话，我说那不会是什么凶兆，我希望（非常非常）我最终能说服自己。只有那样我才能入睡。不会。不会。不……会……不……我在不知不觉中战胜了失眠引起的无端恐惧。我把握十足，只要我一睡过去，再睁开眼时一定已经光明朗照。

那种颤动带来的不安，随着满天的阳光化入虚无中去了。早晨又是一个艳阳天。

从昨天上午去神树，我已经把老哑巴的事忘得一干二净。我睁开眼第一个念头就是复习昨天在老哑巴家的情形。

我一个细节一个细节地重新咀嚼。

国民党军官帽。淫狗。痴呆相。

还有那天在街上,他和我视若不见,失之交臂。我认定我发现了问题的症结。

半小时以后,我走在老哑巴踩出来的小路上。我故意穿上砖红色羽绒服,我不紧不慢地往上爬,一边爬一边停下来回头张望。早上阳光出来就暖和了,这时我觉得很热。

于是我坐在半山休息。我特别坐到一块突出的山石上,这里可以清楚地看到整片白褐色的砾石滩,看到砾石一直推进到江边,看到江边两幢火柴盒似的小房子,看到暗绿色的稳稳流动的江水。对面的山迤逦起伏,比我身后的山要矮一些秀美一些,已经泛出嫩鹅黄色。

我收回目光,我看到那个小小的人影在村子里快速移动,我知道他来了。我到底成功了一次。他已经出了村子来到山脚下,我有意要他着急,就起身奋力朝山上奔去。

我回头看他,他简直拿出拼命的架势,我心里不免有几分得意。我索性躲在一块石丛后面,脊背贴着凉爽的石面坐下来。我忘了他是个古稀已过的老人了。

他已经到了跟前了,我听得见他的喘息。

我从石丛中闪了出来,心平气和地站到他跟前。他看到我就泄气了,一屁股坐到地上。

他汗如雨下,满脸惊恐。我突然从心里涌出怜悯。我深知他不值得怜悯,他心里有鬼,这样拼了命地爬山是他自找的。他实在可以选择另一种方式生活,那样起码他不至于整个一生都提心吊胆。

我低着头看他。他实际年龄大概有八十岁,老年块斑已经遍布他脸上、脖子上和手上。他仍然是不清醒的,他的眼神混浊,瞳仁的光点几乎已经散尽,他已经完了。他在喘息。

我很奇怪他四天前还那么结实,他那时让你觉得他还有一种咄咄逼人的架势,他喋喋不休地讲这讲那,可是刚刚过了四天呵!过去的三十多年对他来说也许更残酷,毕竟他活过来了,我想不出这四天怎么会置他于死地?

也许他一直是个痴呆患者(这种生存环境无疑是培育痴呆症最适宜的土壤);也许只是由于一个说汉话的人的到来,启发他压抑了几十年的说话欲望;也许发泄了这一次他就再也不会复原。什么是不可能的呢?

他能在这个满是麻风病人的村子里生活这几十年,这件事本身就是不可思议的,何况他自愿封住嘴做了哑巴!哑巴说话了,说了也就完了,就这么回事。他到底是不是麻风病人,我无从确定,他的病征不明显。但我可以确定他是典型的精神病患者,他完全崩溃了。

我说不准我这时的感情。也许他曾经是个罪大恶极的逃犯,也许他什么坏事也没做过,无论如何他自愿躲进玛曲村肯定有重大隐秘。我不想知道他是谁，不想知道他干过什么。我只是不能容忍他选择的这样一种生活。

出乎我的意料，他再一次开口说话了。

"我是个哑巴。这里的人都当我是哑巴。我怕我早把汉话忘了。跟你说话的时候我敢肯定我还记着。你看我有多大年龄。"

"你多大年龄？"

"说你第一眼的直观判断。不要怜悯我。不要说那些想使我高兴一点的话。你告诉我实话。你应该知道这没有关系的。"

"我看你有八十岁。听见了吗八十岁？"

"我爸亲有钱。是我自己不想读书了。这里没有人看出我读过书。我爸亲是个做生意的印度人。"

"你妈妈呢？阿妈——母亲？"

"我不说话。后来也没人跟我说话了。他们当我是聋子。叫什么名字有什么关系呢。这么多年我没名字一样活着。我爬山他们都当我是傻瓜。"

"他们不知道你为什么爬山。"

"你肯定不相信我有一支枪。"

"我知道你有枪，二十响盒子。"

他眼睛直直的，他无法重复四天前他说的那些话了，我截住了他要说的。

我说:"你要吃点心吗? 我带了点心。"

他好像想了一阵子才说:"点心。什么叫点心?"

我从背包里拿出两方军用压缩干粮,递到他手里。他把它们看了又看,抬起头看着我。

他说:"你肯定不相信我有一支枪。"

我说:"二十响盒子,我相信。"

他显得非常沮丧。把干粮往石头上敲,逐渐敲成了碎末。他抬头看看我,接着敲第二块干粮。他这次不抬头了。

他低声说:"你肯定不相信我有一支枪。"

我本能地抑制自己不去接话。结果我却说了一句反话:"我当然不信。"

他骄傲地补充说:"二十响盒子。"

我说:"我还是不信。"

他说:"我们一会就会看到了。我放的地方雨淋不到。没一点锈。没人知道。从到这的第一天我就爬山。这条路就是我踩出来的。"

直到这时我才有一点觉悟。他说的每一句话我都不是第一次听见。我无论如何不想让四天前的情节剧重演,我对我扮演的那个角色实在没有信心。我不想听到他最后那句台词。

他说:"可惜只有六发了。真不错,几十年了。"六发是上次,这次就只剩五发了。

这一次我过虑了。他始终没有从地上站起来,看来这次爬山伤了他元气,他太老了。

估计他短时间很难恢复,我先下山了。

十七

也许是心虚,怕背后挨冷枪,我下山的速度很快。我产生了错觉,我感到整个山坡都在向下滑动。我知道我有点头晕,我体力没完全恢复,不应该这样急上急下。

我回头时,已经看不到老哑巴了。但是为慎重起见,我还是躲到一块巨石后面去休息。我心情紧张,加上累,总感到心里抖个不停。我不喜欢这种感觉,因此又一次产生了毫无来由的不安。我眼也花了。我看着整个砾石滩正滑离大山。我恨这种感觉,我宁可累一点再累一点。我继续往山下去,也不时地回头看看,我看不到他的影子。

一路上我几次劝自己不要心慌,要稳住脚步。我步子却一次又一次加快,我真怕了。

我没回她家,我想起前一天要办的事。我想起她说他是珞巴人,怪不得他的话我听起来有点特别。我想我大概可以找到他住的地方，村子总共那么十几二十多幢房子，我又在这里待了一些时间。估计没什么问题。

她昨晚说：你知道他喜欢你。

我当时点头了。其实我不知道。他待我比较友善，这我看得出来。可他肯定看得出我和她的关系，他会不会认定我抢了他的女人呢？我不了解这里的习俗。不过我估计世界任何地方的男人都不会对这类事安之若素的。他会例外吗？她夸他能干时，我反正心里不舒服。

我看得很清楚，对于她来说，她不属于任何一个人，她是自由的，她属于她自己。而他似乎对此没有表示异议。

我却不能那么达观，我甚至不能忍受在想象中她属于别的男人。我不是她的男人，我只是她的房客——一个男房客——如此而已。可我自作多情，心里打翻了醋瓶子。她为他生了孩子这个现实使我越来越不能忍受了。我居然为了争这口气，认真地盼她也为我怀上孩子，顶好也是个男孩。我相信准比他的儿子要好。想到这些，我几乎不再想找他了。

不行，他的石刻太让我着迷了。况且我已经送过他礼物，接受他的礼物，我以为也在情理之中。虽然我深知彼此的礼物不是等价物，但我没道理心安理得地借用交换法则平衡内心。我不想那么多，我反正一定能找到他的住处。

我在玛曲村里要找一个人可没那么简单。

首先我语言不通，其次村里没人走动，各家各户闭门不出，我没有想到去敲人家的门。我空转了一圈，最后还是决定回去问她。

我这时发现我有点怕见她。昨晚睡觉前的谈话使我们拉开了距离。我们到底是两个世界里的人，各不相通也各不相扰。两个人抱在一起做爱的时候产生了一些没有益处的幻象，比如麻风的传染或预防，比如谁属于谁，再比如莫须有的爱情以至为了爱去献身等等。

我实在只是个写小说的拉萨居民，时而有一点超出常规的浪漫想法；我读过几本书，了解一点人道的零星内容，于是我真的浪漫主义起来，天马行空地瞎想一气，再没有比我更没用的人了。我隔一段时间，总要像昨晚那样慷慨激昂一阵子，发烧发热，发一顿人生感叹，发一堆大道理，之后就凉快下来，该干什么还干什么，夹起尾巴老老实实地做人。

我吼了一通，之后拍拍屁股走了。解决了什么呢？避孕还是遗传传染？或许我还要留下点麻烦。我没有能力改变玛曲村的生活现状，又在这里施放文明药粉，结果是很难想象的。现在想来，我的话一定伤了她的心。

等等，他是珞巴人，她说过他是珞巴人。珞巴人是不习惯住在石头房子里面的。他如果仍然承袭珞巴人的习惯，应该住木头房子。

村里有两幢木头房子这我早就知道,只不过没格外注意就是了。看来这两幢房子应该住的珞巴人。

两幢房子是并排的,相距不远。我来到房子南面,一个门开着,门口趴着一条大狗,是那种一看就令人胆虚虚的家伙。我可不愿招惹它,我先去敲关着门的房子。

随着一声应答,门从里向外推开了。出来的女人个子极矮小,但模样秀气而且年纪轻,一身典型的珞巴女人装束。我又不知道该怎么办了。她肯定不是麻风病人,她对我的来访显出惊诧。她相对来说肤色白一些,看来很少出门。我只能用汉话问她。

我说,你男人在吗?

她摇头。我觉得她好像听出了我的问话,她摇头不是表示听不懂,而是告诉我:不在。

我说,他到什么地方去了?

她马上用手指着西边。看来他还在村西的神树造佛。她指着,并用另一只手比画,告诉我很高,我认为她在说那两棵大树。

我说,他是你男人吗?

她连连点头,显出充分的自豪感。

我这时看到她身后有个男孩子,个子齐她胯高,精瘦得像个猴子。这孩子长得跟他一模一样,只是瘦成一把骨头。还有，这么小的孩子眼睛太大了。孩子尽力往母亲身后躲，又忍不住偷着看我。屋里传出一声婴儿的啼哭。她马上丢下我和小男孩，转身去照应婴儿；男孩吓得紧跟在她后面。我就势进了屋子。

我不想细致描写屋子的情形，那样太过分残酷了。我在这里只能讲另一件叫人同样难过的事。我在屋子里发现了六个孩子，一个比一个小，看来都是他和这个女人生的。

我不忍细心察看，其中几个有病兆？我反正心里堵得死死的，我也看到了昨天我送给他的玻璃瓶罐头。他把它放到一个孩子们够不到的地方，像是当成了供奉物。

我不能再待下去了，而且我也注意到这房子没有他的石刻作品。我决定再去神树。

这时又快中午了。大狗在背后低吠。

十八

我站到村西，我看到有几个人往村里来；是那些老年妇女。我没往前走，我不愿破坏这里所有现成的东西。这条路是一脚之路，我迎面过去势必另外踩出一条路。不能那么做。

在她们进到村里之后我仍然没再向西去。我独自站在村边，大约等到过了中午才看见他捧着石头从远处走来。看来石头很重，他走走停停，我看得满眼泪水。

他也看到了我，他又那样友善地笑了。这一次我知道了，他真的喜欢我，我更喜欢他。

这就是他昨天一直在刻凿的那尊。一对极度夸大的眼睛，完全是表现派技法；鼻子只有又短又窄的一条，没有嘴，却有一个尖削的下巴。奇怪的是前额。宽宽的额面正中，非常形象地用刻线画出一座山。

他把它郑重地递到我手上，忽然迎面跪在我脚下。我连忙把石刻像放到地上，伸手去扶他。我弄明白了，他在拜石像，这一定是他的神。是他们的偶像。我像他一样跪在他身后；最后他站起来，头也不回地走了。我好一阵没动，我想起一句藏话，朝着他的背影大声说：吐切齐！（谢谢！）他回一下头表示听到了。这时我在心里却在说着：再见。再见。

十九

读者朋友，在讲完这个悲惨故事之前，我得说下面的结尾是杜撰的。我像许多讲故事的人一样，生怕你们中间一些人认起真；因为我住在安定医院是暂时的，我总要出来，回到你们中间。我个子高大，满脸胡须，我是个有名有姓的男性公民，说不定你们中的好多人会在人群中认出我。我不希望那些认真的人看了故事，就说我与麻风病患者有染，把我当成妖魔鬼怪。我更怕的是所有公共场所对我关闭，甚至因此把我送到一个类似玛曲村的地方隔离起来。所以有了下面的结尾。

我有一尊那样的石浮雕刻像，是件珍贵的珞巴艺术珍品。我就不讲来历了吧。

我到过西藏境内许多地方。西藏是一块年轻的高原（地质学家这么说的），随处可见壮观的砾石滩。砾石滩是我喜欢的素材，我可以由此激发灵感，而且它是有生命的。

我老婆是个新闻记者。在一次会议采访中她认识了一位女医生，她在麻风病医院工作了一年多时间。我老婆听她讲了一些医院的事，回到家里又告诉我。我老婆和我无话不谈。

我碰巧又读了一本法国人写的书，叫《给麻风病人的吻》。我对这个耸人听闻的题目很感兴趣。后来我不巧又读了另一本英国人写的书，也是写麻风村里的，叫《一个自行发完病毒的病例》。

不久前我又去藏东南，当时春风正劲。雅鲁藏布江稳稳地东流，江水澄碧，几只白色的高原湖鸥在水面漂亮地掠飞。我身后是高拔的大山，身边是牧羊的藏族小姑娘，我沉醉在她的牧歌里。我和大山之间有一种默契,隔着一望十几里的砾石滩我们无言无声地交谈。

我坐车返回拉萨。开车的司机是个朋友,他说他跑遍了全藏。有一段时间他不爱说话,我问他怎么了,他说刚才经过的地方向北走十里是麻风病村。他还说,他曾经在这里搭过一个病人,是个胖墩墩的女人,还抱着孩子。

这些事都让我碰上了,该着我当作家。谁碰上是谁的运气。我得说我运气不错。

我还得说下面的结尾是我为了洗刷自己杜撰的,我没别的办法。我这样再三声明,也许会使这部杰作失掉一部分光彩,我割爱了。我说了我没有别的办法。我自认晦气,我是个倒霉蛋。谁让我找上这个倒霉的素材?找上这个倒霉的行当?当然没别人。我自认倒霉就是了。

下面我还得把这个杜撰的结尾给你们。说一句悄悄话,我的全部悲哀和全部得意都在这一点上。

二十

当天晚上发生了一件事。

当时我在收拾东西。我把石刻裹到睡袋里再往背囊里塞,她在一旁帮我。孩子已经不再把我当外来人，他骑在我的脖颈上看我们干活，两手牢牢攥紧我的头发。我用手电筒照明。

她说这样太重了。我说没问题，背得动。

她说我再也不会回来了。

她还说他喜欢我，这话她昨晚说过了。

我说我看到了他的女人，看到他和那女人的六个孩子。她说村里还有一些他的孩子。

"他是个能干的男人。"她这样总结。

我不接这样的话。

隔了一段时间她又说话了。

她说，早晨天亮以前常有小鸟在房子上唱歌；她说明天我早早就会醒来，在天亮以前动身上路。她的声音非常平静。

我努力使自己不发出声音，我背过脸什么话也不想说。看来她也并不希望我说什么。

她说，天快黑的时候，她看到老哑巴一个人从山上走回来。老哑巴走过来又走过去。她认为老哑巴跟平时不太一样。

"怎么不一样？"我问。

她说："他走得慢。他平时走得很快，你都见过的。今晚他走得慢。"

我说："他刚从山上下来吗？"

她说："是从山上走回来的，我看见他下午在山上。他过去上午爬山。"

我说:"我就要走了。"

她说:"你明天早上走。"

我说:"是的,明天早上。"

她说:"你反正要走。你明天早上走吧。早上别人睡觉,我也睡觉。你早上走。"

我说:"我想给你照相,行吗?"

她说:"我不懂照相。"

她伸出手掌抚摸自己的脸,动作很慢。我看到她慢慢地流泪了。我突然明白了,她为什么不要照相,她知道自己病后的样子不好看。她是女人呵。我进而想到,也许在得病前她是个美丽的小姑娘,她一定很美。

她说:"我不懂照相。"

枪声就是这时响起来的,我知道终于出事了。我说我要出去一下。我走到门口时,她用我刚好听得到的声音说:"你早上走吧。早上我睡觉。"我郑重地点头应允。

二十一

刚才这一声枪响,我就全明白了。

缺月已经走到中天,白生生的,玛曲村沐浴在清朗的月光中。路很平,我于是小跑着穿越整个村庄。我的脚步声惊动了夜游的野狗,结果此呼彼应,全村一片狗吠声。

我发现刚才的枪声没有引起村里人注意,这样总归好些。我跑到老哑巴的房子前面,门大开着,他正从屋里往外拽那条母狗;刚才他把它打死了。他为什么要拽它出来呢?

他用一只手拽狗后腿,像抛弃垃圾一样把它扔到房前的旷野上。从他的动作里我看到了他心底的厌恶。他没拿枪。

我有手电筒,我想我应该抢先把枪找到,这样就可以避免事态进一步发展。我先他一步迈进屋子,同时按亮手电。

地上,卡垫上,我没有发现枪放在什么地方。我看到了那顶嵌着青天白日帽徽的军官大檐帽,已经被人踏得稀烂。无疑是他干的。

他就站在我身边,眼睛随着电光移动。我可以听到他急促的喘息。我相信他不会对我怎样了。当然这种自信毫无道理。

我也想到,他推开屋门以后也许把枪放到外面了,我一个人跟着手电的光圈一步一步来到外面。月光如泻,平滩显得更荒更空旷。

那条狗像一堆破布,看不出丝毫曾经有过生命的迹象。一个生命的结束就这么简单。

我再也想不出还有什么地方可以藏枪,这几分钟里我的脑袋给枪塞得满满的,完全不能想别的,这就给了他充分的准备时间。我像做梦一样听到另外一声枪响,我模模糊糊地知道枪一直在他身上,是我给了他足够的时间让他从容地把自己打死。

我于是决定不再进到他的房里去了。

我决定连夜动身。

我回到她的房里,她已经睡着(或者故意装出睡的样子)。我轻手轻脚拿起背囊,又用手电在地上照了一圈。我最后把手电关掉,并排放到剩下的三筒罐头旁边。

我想吻她一下,结果我只吻了孩子。我背着背囊出了小门,关门。又出了大门,关门。

最后出了村子。

二十二

背囊很重,路很远。我一路走一路喘,我看到前面远处有一点灯光。

我咬住牙不休息,我真是累得要死。累得要死我还是不放下背囊,我连脚步也没停过一下,我知道我要停下来准会再也站不起来。

那点灯光一直在前面眨眼，好像小时候常捉的萤火虫。我走着走着，竟做起梦了。我梦见幼儿园里的小情人，我们睡在一个木床里，盖一条儿童绒毯，后来我尿了。她大哭起来，后来我忘了我是不是也哭了。我知道我困了，我是困了才尿床才做梦的。还因为萤火虫，因为已经到了跟前的灯光。

我不记得我是怎么敲开门的；我甚至不记得那两个藏族养路工怎么睡到一铺卡垫上，把我安排到另一铺卡垫上睡的。我反正困得睁不开眼了，稀里糊涂地一直睡到第二天上午。

我是被一阵隆隆声弄醒的。我醒了又睡，一直睡到太阳老高。我睁了眼以后还在做梦，我闹不清怎么躺在一个陌生的房间里。我看到门口站着两个男人，他们正在张望和交谈。

我说："嗨，出了什么事？"

那个块头大的告诉我，说夜里有泥石流，北边的山塌了半边。我一下蹿起来跑到门口，只见满眼铺天盖地的漂砾，不过漂砾已经不再滚动了。我再没看到玛曲村，我想泥石流一定也把那两棵大树翻到漂砾下面去了。

那个瘦小的回过身拧开了收音机，我却心不在焉看着北面。"……我们现在是在北京工人体育场，在这里向广大观众朋友转播——由《中国青年报》主办的北京五四国际青年足球邀请赛开幕式的实况——朋友们，这一次参赛的有世界足坛劲旅意大利队、西德队、巴拉圭队……"等等，是我说的等等。

"等等。"我发现有什么东西不对头，是什么呢？对了，时间。我知道又出了毛病了。"我想问一下师傅，今天是什么日子？"

块头大的说："青年节。五月四号。"

我机械地重复了一句，五月四号。

1986 年 4 月 25 日凌晨　北京厂桥

拉萨河女神

1

拉萨河流经圣城拉萨一段海拔三千六百多米。水流湍急而且清澈。河岸是树林、草滩、砾石和细沙。在拉萨城东郊一段是漂亮的拉萨河大桥。拉萨河是不冻河,有不多几种鱼类。

读者应该首先知道几种简单又很要紧的事实。拉萨东经 91 度,北京东经 116 度。也就是说这里经度向西偏大约 30 度,也就是说拉萨与北京的时差是二小时左右。一种。第二种,海拔。空气稀薄算第三。据传,这里空气约相当于北京的百分之六十。空气稀薄的好处是空气透明度好因而能见度好,拉萨的天空也就格外蓝。比想象的要蓝。但也有坏处,缺氧呼吸困难,所谓高山反应和高山病;心脏负担过重。最后是气候,高原地区气候多变,这在故事里要谈。

于是几个人说好在星期天到拉萨河去。我们假设这一天是夏至后第二个十天,这时候天正热,大概可以游泳。这么说下去,读者可以因此推断这是在拉萨河里游泳度假日的故事。还可以进一步假设,夜里刚刚下过雨,所以早晨尽管晴朗仍然凉爽,是个典型的理想假日。

根据拉萨现阶段的可能,带的食品除以各类罐头为主外还有圆根(一种比拳头稍小的白色萝卜类),还有黄瓜,还有咖啡壶(一种西式奢侈)。成员包括文艺界各方面人士13人。最大年龄40岁左右,最小20岁稍多。其中有一名藏族青年作家,两名女士。因为故事不大而人员较多,我依照年龄顺序分别称他们为阿拉伯数字1、2、3、4以至13。各自职业在他们进入角色后再提一下,以避免读者混淆。他们在早晨十点半进入拉萨河(请不要忘记时差)岸区,骑着自行车,带着桶、挎包、录音机、凉帽。

为了把故事讲得活脱,我想玩一点儿小花样儿,不依照时序流水式陈述。就这样吧。

2

选择营地是件大事。1和2作为先行官早半小时出发。1是剧作家,也是西藏中世纪史学家,和2是一对老朋友。2是民间文学研究家和作家,是国内有数的西藏民研民俗专家。对着拉萨城这一段岸区有许多树,大致营地范围就限定在这一段。这一段滩头形势多变,多数地方是砾石和细沙相间。草坪早被一些玩林卡的藏族家庭占据了,搭起帐篷烧起牛粪炉熬茶。有几片小段沙滩多已有人,几乎全都是来洗涤的藏族同胞。这片林子其实是个椭圆狭长的河心岛,到岛上需要过一座类似索道的木便桥。最后选下的营地在桥下东侧。这是片宽五米长三十米左右的细沙滩,桥离地面一米半。背后是密集的屏障一样的红柳类高丛灌木。应该说是块相当理想的营地了。

有个不足是桥上过往行人多,不安静。还有一个大家开始都没意识到问题的严重——在桥下偏西有两具猪尸,肠子已经绽出来吸引了无数苍蝇。当时很凉爽,问题就是不大。来过西藏的人都知道,西藏尸骸随处可见,畜尸和兽尸。时间久了,鹰兽们就把它们啄得只剩了骸骨。在藏的人们对这些新鲜事物早就熟视无睹了。营地选择方案确定下来。十三辆自行车塞到灌木丛里,铺下一条棉毯一块塑料布(我们没有地毯卡垫),把几十筒罐头摆出来。

濒临的河面不宽,拉萨河主流在岛子另一面。但河水还是湍急的。东侧的灌木一直延伸到水边,正是一道天然屏障。死猪两面十几米远有几个男人在洗羊毛被,也是一段大约三十米的河滩。

开始的时候是桥上行人捏着鼻子咒骂,我们满有兴致地看着。后来6突然猛吸了几下鼻子说臭,接着大家也都应和起来。6是诗人,是那种写风马牛的现代诗人,他的敏感显然在嗅觉方面比较突出。这时太阳移到正顶,浮云时时要捣它的乱。7正患热伤风,鼻子不通完全无动于衷。7是个继承古典主义遗风的小说家,才气不足又自命不凡,他用树叶塞住耳孔趴在热沙上享受日光浴。他大概正昏昏欲睡。青年油画家8是个活跃分子,他提议用沙子把臭气冲天的猪腐尸埋起来。黑管吹奏家11马上响应。两个人抢过两位正在洗衣的女士手里的洗衣板,在离死猪五米远处扬沙子。三分钟后猪身上已经蒙起一层白沙,苍蝇落上去构成有趣的淋点图案。8和11迅速撤下来了,8发誓说这三分钟里他一直屏住呼吸,没喘哪怕半口气。以他三分钟不喘气计算,估计他潜泳能游二百米,可算一个奇才了。11老老实实地承认他快给臭气熏昏了。

大家都不想说话,天热是原因之一,同时大概也为了少吸些尸臭气到肺里去。我猜都是半屏息状态。看来和风向有极大关系,雕塑家9首先声明臭味消失,他拽出手帕高举,证明风是向西吹。大家都吸着鼻子用力嗅,是的。然而,风并非总是向西吹,因此臭味儿像海水潮汐一样时高时低时起时落。大家给搞得紧张起来,索性都保持高度警惕一直呈半屏息状态。要不是两个勇士出现,真不能想象这种状况要持续到什么时候。

是洗羊毛被中的两个,他们一边比我们受害更甚。他们对我们笑笑,用一根粗铁丝挂住一条猪腿,一个人穿裤衩下河,扶着桥桩往河里拉。猪尸在沙滩上拖出一道辙印,立刻围满苍蝇。我们13个人都来了精神,有几个还自愿充当顾问帮着出主意。死猪到水面就漂浮起来。下河的那个不能再往前走,河水又深又急,他只能扶着桥桩站在没腰深的水里。他摘下铁丝,8折下一根比指头粗些的树枝扔给他,他用树枝撑住死猪往激流里推。它终于给水流推着往下游去了。接着拉另一个。意外的是第一个往下到平缓水域后,又给回流沿着岸边推回来。结果下游洗涤的人们怨声载道,大喊大叫闹得不可开交。又一次重复工作。这次它给推得更深更远,正位于激流当中一直朝下去了,再没有回漂的迹象时,沿岸的人们才松了口气。有经验了,如此炮制第二个,这里略去不讲了。

3

野餐是一项主要内容。这次聚餐耗资近百元,算得奢侈了。圆根水分大辣味儿小,很受欢迎。圆根是零食不是正餐;黄瓜可全部做了凉菜,而且是餐中最受瞩目的菜肴。

一项比较艰巨的任务是开罐头,疏忽的是只带了一把罐头刀。这个任务历史性地落到了罐头刀主人3的肩上。3是个上海学者，主要搞文艺评论工作，他的小说曾引起海内轰动。13个同胞中他学历最高，硕士研究生。说开罐头的任务历史性地落到3的肩上，主要原因他是唯一没下水游泳又没其他事可干的人。他主动担负了这一重任，博得大家一致好评。先是桔子——又是桔子，烈日当头只有水果最带劲了。

没有啤酒是一大憾事，连甜酒都没有，8临时找了半瓶白酒凑数。可以想见野餐尽管丰盛其实并非尽兴。13一直沉默，自始至终。他是藏区最好的作家，又最年轻正在热恋，他心里肯定在想他那位好看的小姑娘。他拿着一本刊载3的小说的刊物，一个人躺在人群圈子后面苦读，别人叫也叫不动。聚餐中表现最出色的除了3，就是女批评家12。12承担了往大家蛋糕上涂黄油果酱的全部工作。这是件女孩子们最适宜的工作，需要细致和耐心，这两者12都具备。进口黄油，新西兰造，据说是人造黄油。管它呢，大家都吃得满嘴黄乎乎的。

应该历数一下罐头种类。

菠萝、枇杷果、桔子、桃子。水果类。

茄汁青鱼、五香凤尾鱼、红烧带鱼。

辣椒菜头、榨菜肉丝、盐水青刀豆。

红烧鸡、鸭、排骨、猪肉、羊肉。

回锅肉、午餐肉。

不能再写了，我正在流口涎。请原谅。

吃东西有一个秘诀，就是别去想那猪尸。净谈吃没意思。主要节目是游泳。

还有，女士们来洗衣服。学藏胞。

在吃东西时，8和7都是勇士。

（读者这时一定发现了，作者居然称所有13个人都为"家"，这实属荒唐。而且听口气作者也是其中之一，换句话说也是某位艺术家。说不定他自视为一个极端重要的角色呢。据作者自辩，所谓家不过是一种职业，把这个单音词理解为某种荣誉实在是同胞们弄错了。）

算一算缺谁？4是在洗衣的女编辑，那么5和10呢？两个家伙都在埋头苦干，吃。

4

该巡视一下这个乐园河心岛。

那么走吧。穿上点衣服。算了，这里没有正人君子。那么走，走西边。对，先看看洗羊毛被和洗卡垫的人们。还可以到帐篷里喝杯茶。我可喝不来酥油茶。是你没福。西藏有三样好东西，酥油茶、青稞酒和手抓羊肉。

经过死猪拖出的辙印时我跨大步迈过去。尽管只有辙印在，仍然可以勾起不快的联想，我看到在这个瞬间大家都表情严肃。13还在看杂志，4和12还在洗衣服，2和6捂着深颜色制服在树荫下打瞌睡。还走了两个，10和9有约会，吃过东西向大家抱抱拳。用这减法读者可以知道参加巡视的有六个人。

在洗涤的藏胞多挽起袖子裤脚，我们这些只剩一块遮羞布在身上的人显然不太雅观。他们瞅我们，说着我们不懂的话还指指点点。也有例外，在玩水的孩子们是光腚的，光腚的孩子在藏区随处可见。有两个大约十岁的光腚娃执拗地跟着我们。我们没有钻帐篷要茶喝，因为没人提议。洗过的藏被和卡垫就晾在砾石或细沙上，和洗过的衣服一起，构成五颜六色的彩绘，这大约是西藏特有的风光吧。

8搞油画，也是摄影爱好者。他说他有几张去年沐浴节偷拍的黑白照片，是用长焦距镜头从远处抢出来的。都是些姑娘裸浴的珍贵资料。他说他亲眼看见有汉族在拍照时被人砸了相机。

光腚娃娃在我们后面聚了七个，有两个小丫头，7回头时发现了这一奇观，惊呼是一群小天使下凡。这群天使都脏得要命，表情里带着天真的迟钝，还有好奇。这么好的拉萨河，这么可爱的小天使，他们真该彻底洗洗身子。

有一片洼地是半干的淤泥，泥地上用碎石摆出一个卍形图案。11第一个反应说法西斯。接着发现了第二个和第三个。看来是个有宗教内容的图形，像用石块石子堆起的玛尼堆（佛塔）。小天使们一直跟着不彻底的大天使们。我们踩着烫脚的沙子和硌脚的砾石，穿过一片没有林木的开阔地到了萨拉河主流（河心岛的另一面河岸）。这里岸边有极好的小石片。

11是打水漂好手，奈因身小力薄，石片在水面滑一段就跌下激流了。两个想一试高下的对手是7和8。8先有领先趋势，随即趾高气扬。7用心揣摸11的姿势，用心寻找形状相宜的石片，利用强大的臂力优势最终击败了8。1说主流不比支流，支流勉强可以游泳，主流是决意不能游的。有位在全国各主要河流都游过泳的运动员，到西藏就想征服拉萨河。结果下去就不见了，第二天在下游30里处找到他，他已经给鱼啄得残缺不全面目全非了。

1的故事吓住了其余5个人，本来大家是准备在拉萨河主流里沉浮几次的。孩子们也在打水漂，叽叽喳喳吵个不停。5想解手，吆喝孩子们走开，孩子们不懂，发愣地看5。西藏随便解手的习惯大家都学不来，而唯一的藏族伙伴13又不在。于是5和8一起怒气冲冲地奔向7个小天使，这群小家伙到底给吓跑了。几位大天使得空儿抓紧卸了包袱。1在几个小伙子打水漂时捡了块黑色石头，有鸡蛋大呈椭圆，表面上有两个套在一起的白石环图案。大家围上来看，1给它起了个文雅的名字：双环石。

拉萨河是雪水河，夏天最热时水温也刚在冰点以上。8接过双环石在河水里洗净，抖着手叫凉。这条只有五十米稍宽的河流，居然从来没有人能横渡过去。做第一个的想法对我是个大诱惑。要不是1执意拉我，我怕早就或是英雄或喂鱼鳖了。我是谁？一句只属于二十世纪的时髦话。我是谁？

4此行带了大批脏衣服，包括床单在内。我不能想象这个干净的女人怎么攒下如此多脏衣服。还有羽绒服和一件黄棉衣。她带了毛刷，把大件衣物摊放在沙地上用毛刷蘸肥皂刷净。是个好办法。12洗的东西不多，后来一直充当4的助手。由于站在水里时间较长，4的小腿给冷水冰得红赤赤的好难看。

8永远不知道疲倦。他不知从哪儿捡来一个带角的羊头骨，又折下一根齐肩高的粗枝，把骷髅头插在枝头，声称是现代图腾崇拜，大家都说头骨脏让他扔掉。他反驳说这个头骨早经过阳光多年消毒烤晒，比食品商店的点心还干净。他说做点心的师傅擦完鼻涕解完手都从不洗手。完全是一副煞有介事的样子。

2有满肚子的故事：下面是他的独角戏。

5

你们看城西那座山，龇牙咧嘴的和其他山都不一样。传说是哲蚌寺 7 000 喇嘛用一口特大的锅煮茶喝，够 7 000 人喝茶的大锅有多大，你们自己可以想象。突然天上来了一只大鹏鸟，用两只巨爪抓住大锅就往西天飞去。7 000 喇嘛齐声呐喊，大鹏鸟一惊一抖，满锅的沸茶倾倒出来，那座山就给烫坏了，烫成现在这个样子。你们看，山顶那些沟沟槽槽都是热茶冲烫的结果。真的，你们看像不像？

别急嘛，当然还要讲一个。讲一个关于一张完整无缺的虎皮的故事。猎人宁扎在山里露宿，点着篝火，周围有狼嚎熊吼。宁扎拼命往火上添柴，只要火旺野兽就不敢靠前。挨到天亮宁扎就安全了，他有一支步枪和一手远近闻名的好枪法。这一次不灵了，居然有声音大步走来。声音径直朝着背后。他没敢回头，伸手去抓搁在一边的枪。枪被先抓去了，他回头时看到一个他伸手才能摸到它面颊的毛人，毛人抓着枪像一把玩具枪似的。它坐在火堆旁像宁扎一样烤火，枪给它一下抛到远处黑暗里。宁扎不敢乱动，发呆地看着毛人。这时他突然发现狼嚎熊吼不知什么时候都平息了。毛人站起身折下一根比胳膊还粗的树枝,坐下来用两只脚小心翼翼地把树枝送上火堆。给我支烟抽。

后来宁扎更紧张了,因为突然听见虎啸。虎不怕火,这一点宁扎知道。虎已经近了。毛人也显得紧张。它站起身,用手臂把宁扎揽到身后倒抱住,宁扎一动也不动了。他嗅到一股令人窒息的狐臭,是毛人的气味,这时宁扎发现毛人手里攥着个鸡蛋大的椭圆石头。宁扎从它身后探出头,他看到远处老虎的眼睛像两盏小绿灯一样在闪烁,他吓坏了。突然毛人扬臂抛出石头。宁扎听到老虎痛叫一声,紧接着毛人也飞快窜入黑暗。老虎不见了,剩下的半夜再也没有任何动物来骚扰。再来支烟。

云烟不好买,你怎么搞到的?宁扎不敢合眼,不敢离开火堆,天终于亮了。他首先想到的是该把枪找回来。他到周围找枪时惊呆了。老虎就在四十米远的地方卧着,他扭头就跑,没跑出几步就站住了。不对,虎像是睡了。他回头再看,它已经死了,舌头露在外面。他过去到跟前,又发现老虎的两眼凸出充血,浑身上下没有一处伤破。他想起毛人投的石子。他想,一定是石子击中老虎眉心,致使虎眼迸出。我有佛爷保佑,阿弥陀佛。宁扎祈祷,然后用刀子小心地剥了虎皮,献给本地宗本。这张虎皮后来卖到印度去了,因为没有枪洞,卖了大价钱。宁扎已经死了,那个宗本的儿子还在。

西藏关于野人、毛人、雪人和人熊的传说多的是。听说野人还是世界四大谜之一呢。

6

在大家刚坐下来的时候4就开始洗衣了。她先看到那只长毛短腿的藏狗下水，随即喊大家看它如何泅水。开始它四腿在水里走，后来水深了它开始漂浮，身子一耸一耸地向前。激流努力把它往下游推，它努力克服激流朝横向游，它到对岸时离下水位置漂移了十几米。它上岸后样子很猥琐，真就像鲁迅先生说的耸掉皮毛上的水，然后一躬身跳开了。

迫不及待地脱衣下水的是两个东北人。5是老西藏又是拉萨新起来的作家，十三年前穿着新军装剃着小平头到拉萨。他刚到而立之年却已经皮肉松弛。当他只穿游泳裤在沙滩上做准备活动时，还用力绷紧胸大肌津津有味地自我欣赏。7是个人熊般的大块头，下水游泳是叫他顶顶兴奋的事。水真凉，刚走几步就觉得小腿发麻抽搐，7撩水往肚皮上背上，让身体整个适应一下就回身上岸倒在热沙上。5义无反顾，下水就往深处走，到没腰时扑下去让激流裹着他，从桥桩空隙迅速游下去了。7被刺激了再不顾忌水凉，紧跟着5游下去。距他俩上岸到下水这段距离，目测约为一百米。尽管太阳后来晒脱了他们背上的皮，他们当时还是冷得打抖，完全不能自已。他们沿着沙滩走回来，经过洗羊毛藏被的人们，到自己的领地时两个人都栽到沙地上。

毕竟男儿血热。第三个是8，第四个是国画家10，第五个是9。这是三个美院同学。一会再说他们。今天是他们三个唱主角。

洗过衣服4也下水了。她带了游泳衣而12没带，12的游泳衣在北京家里。4是个意志力和体力都很强的女人，又是这里九个人的老大姐，她的举动使年龄最大的1惭愧了。1早已发胖松懈，居然也咬着牙下水了，2和1只差一岁，然而他无动于衷只顾在阴凉下讲故事。最瘦小然而有着一部最辉煌大胡子的11和1同时下水，艺术家的浪漫和想象在显示力量（作者就不在此提自尊心这样敏感的字眼了）。

最后一个下水的是12，她等4洗过换上4的游泳衣时，所有男人都已经精疲力尽穿好衣服了。大家劝12不要冒险，万一出问题救助都来不及。12满不在乎，显然胸有成竹。

全天上下次数最多的是7，晒得最久的是8，这两个人皮肤都给晒破了，此后一个星期躺卧不安，成了其他诸君的笑柄。

游泳活动历时五小时，其间有两个插曲。第一个留在下面讲。第二个是沙滩上跳摇摆。有录音机就有迪斯科舞曲，这是今天中国的特征之一。拉萨最负盛名的男舞星9穿着窄窄的游泳裤几乎裸体一样，和穿着长衣长裤的12相对蛇行般扭动。音乐声和放浪不羁的舞蹈吸引了桥上过客和河对面公路上的行人。拉萨是歌舞之乡，公共场合唱歌跳舞本不稀罕，实在是艺术家们的狂放稍嫌过火了。有观众鼓掌。

这片漂亮的白沙滩，从河对面看就像一块理想的露天剧场。后面的高丛灌木是长帷。

7

第一次下水上来，9和10就把8按在沙滩上。8表现得老老实实。9和10在8背上堆起沙包，只留下8的四肢和头在外面。沙包堆了一尺高，2在埋住屁股的部位插栽了一棵绿枝作尾巴。一只大乌龟。6操起柯尼卡傻瓜相机给乌龟留影。12调皮地让9和10各踩住8的左右手，然后拿一个剥了皮的圆根垫在一张干净纸上放在离8头部半尺远的沙地上。8努力伸着脖子想吃到爽口的圆根，当然不成。拍照。大概是给沙子压得累了，8一跃而起，在他趴过的地方留下了一个身体印痕。这时太阳正好。

8、9、10突然有了默契，在细沙地的人体印痕基础上迅速堆起沙梁。腿部给拉长了，没有脚，胳膊也做同样处理。躯干部分加厚，干沙堆砌变得困难了。11操起塑料桶提来满桶河水加入雕塑者行列。9是总体指挥，又是细部处理的行家。腿与躯干的连接部位、脖子和头和躯干的过渡都是9完成的。这些工作都是用水浸润过细沙做材料，又经过蘸水抹光。

10在胸上精心塑起一对大乳房，使12看了大叫——这个缺德家伙！8在用心琢磨头部，前额高高眼窝深陷，窄而狭长的鼻梁很美，没有嘴和眼珠儿。8说是大写意处理。现代观念。马里尼雕塑效果。点睛之笔由10完成。他用手帕蘸湿，在塑像腹部滴出其极形象的肚脐眼。

两个高耸的大乳房和平滑的下腹部表明这是女人。8和10带着受宠的神情，真正迷醉地枕着她左右臂和她并排仰面躺着。闭上眼睛。9躺在她叉开的两腿之间。闭上眼睛。3说了句话，是英国影片《阳光下的罪恶》中的台词，大意是在海滩沐浴的人一动不动，就像停尸房里的尸体。一次极为恰当的引用。

6没有放过机会，从几个角度给他们拍了照。又安排8、9、10加上7四个人，两个人头朝肩窝，两个人头朝腋窝，和她一起做特写留影。四个人头都无力地歪向一边，闭了眼睛像受难的耶稣。一样地痛苦又一样地可笑。

我们的大声笑闹招来许多双眼睛，桥上和对面岸坡上起码聚了几十人。为了加强效果，8提议用干沙撒在塑像周围，以突出湿沙塑像的色彩和立体感。这容易，三个美术家只用五分钟就最后完成了。她真美。她有二米高，是个大个子。9提议命名她为拉萨河女神。

1和2在树丛后面玩火。他们毕竟在不惑之年了，激动是青年们的事。他俩在任劳任怨地为他们这群年轻人做一点事。青枝篝火冒着蓝烟。1从树丛里伸出脑袋，揉着给烟熏得发红的眼睛喊道：喂，你们谁喝咖啡？

喜马拉雅古歌

林达是个只有十几户人家的珞巴族小村。林达村居喜马拉雅山北麓,植被繁茂风光秀丽。林达的准确位置在北纬94°与东经29°交汇点上。

第 一 章

从米林到林达这段路,我们骑马走了多半天。太阳出来的时候,我骑的青马浑身浸出了汗珠,给阳光一照晶亮晶亮的。我们先是沿着雅鲁藏布江南岸的浅堤,后来就连浅浅的堤坡也不见了,化成一派青翠的麦田。六月里的夏阳染绿了这里的山坡和谷地。早晨空气仍然很凉,当然也舒适。微风是清爽的。我的马走在前面。这时我轻勒缰绳,青马由碎步小跑转为慢步。我回过头。向导的白马跟了上来。

我说:"还没问您叫什么?"

他说:"诺布。"

我说:"诺布啦。"

他说:"我五十四岁啦。"

我没有问他的年龄。这条路不很宽,刚好容得下两匹马并行。左手方向是迤逦向上的山岗,岗坡上有少许乔木,也有大鹰在乔木上空盘桓。

诺布说:"前面不远了。"

我说:"就要到了吗?"

诺布说:"前面是条河。"

到了河边我提议休息一下。这条河是从南面峡谷里流出来的,向下流进雅鲁藏布。这道峡谷里植被茂盛,两面山坡覆盖着森绿的针叶林木。再向上是白色的峰顶,在阳光下炫人眼目。河上是一座木便桥,粗大的原木并排串起作桥面,看上去很结实。小路到河边有一条岔路,岔入幽深的峡谷。

我们坐在路边的草地上,我开启了两听黄桃罐头。两匹马在附近吃草,缰绳拖在蹄下。

诺布说:"它们很听话,不会跑的。"

我说:"你什么时候去过林达?"

诺布说:"四十多年啦。那时候我还是个孩子。我和阿爸到这道谷里打猎。"

我说:"这里面有什么可打的?"

诺布说:"什么都有。有虎、豹子。"

我说:"雪豹吧?"

诺布说:"有雪豹,有金钱豹。还有熊。"

我说:"现在都没有了。"

诺布说:"都有。这道谷一直往前,走四天,翻过雪山就是印度。"

我说:"印度还远得很呢。"

我找出地图,向他指点:"看,这里才是印度。有几百里路呢。"

诺布说:"要走四天。我阿爸去过印度。"

过了一会他又说:"印度人家里养孔雀,一家养很多孔雀,就像汉人家里养鸡。"

我说:"养鸡为了吃鸡蛋。"

马儿在安闲地吃草,我们聊天,天南海北地神聊。这时近处响了一枪。我看到大青马惊恐地抽动一下浑身的毛皮。诺布迅速站起身,随手操起撂在身边的单筒火枪。岔路上闪出一个矮个子猎人。他自顾低头看枪,对着枪口吹了一口气,一小股硝烟从枪筒后部涌出来。他根本没朝我们看一眼,仿佛没发现近处有人。

这时我们与他的距离不超过三十米。

诺布站着没动。矮个子猎人旁若无人地从我们身边走过去。诺布又坐下来。猎人拐上我们的来路，一会就不见了。他穿戴奇特。有毛的大帽子；一块黑氆氇呢中间剜了个洞套在头上，腰里用白贝壳镶嵌的宽皮带束紧；斜挎着两柄猎刀，一长一短；刀鞘是木制的，有几道摩擦得锃亮的铜箍。

诺布说："就是他们。你看到他的脸了，他们都是这种样子。"

我说："我光顾着看他的刀了。"

诺布说："他们都这样。见了面不说话，就像没看见你。熟人见面也不打招呼。"

我说："听说珞巴男人个个都是好猎手。"

诺布突然缄口。我们重新上路。

我们拐上通向峡谷的岔路，走不远就开始爬坡了。湍急的河水在我们右侧，河道里水很浅，且清澈，看得见水下的各色卵石。

因为上坡，马走得很慢。诺布在前面，像有心事，低着头一声不吭。我吹起口哨，老调子，《走西口》。我们进了林子，清一色的红松林。路竟比原来宽了。我催马向前，与诺布的白马并行。诺布又说话了。

"阿爸是条硬汉子，色季拉山以南的猎人都知道他。他比我大十七岁。"

我心里算了一下。上一次进山时，诺布的阿爸也不过三十岁上下。也许比我还小几岁。

我问诺布："你阿妈呢？"

"生我的时候死了。阿爸经常一个人到山里去，把我丢在家里，留些干肉和奶渣。"

过了一会他又说："听阿爸说，阿妈是个美人。阿妈是阿爸从牧区抢来的，当时阿妈又哭又叫，还咬下了阿爸的右手食指。后来阿爸打枪，只好用中指扣扳机。"

诺布指着眼前这条路说："他常来的就是这个峡谷。我们上一次走的也是这条路。"

我说："他会说他们的话吗？"

诺布说："谁？我阿爸？"

我点点头。

"他们会说藏话。他们的话阿爸……大概也会一点。我想他会一点。"

诺布的口气显得犹豫，不很肯定。直到后来我才明白他为什么犹豫。我还注意到他从不叫珞巴人。他只叫他们。

到林达是中午了。林达是个小村子，村里的人居住得稀稀落落。这是片林间空地。房子附近有许多粗大的树桩，使得村里的土路不时要绕开树桩，因而变得弯弯曲曲。

我拿不定主意是否要进到珞巴人的房子里去,村子里看不到一个人。

"男人都上山了,打猎,种地。"

"他们也种地?"

"种青稞和辣椒。他们离不了辣椒。"

我们穿过村子。他们的房子举架低矮,四壁完全是用整根原木横排串起构筑的,令人联想起战争中的坑道建筑。只不过这里的原木更加粗大,更少斧凿罢了。我们来到村后。

这是一片面积很大的空地。我估计起码有五六个足球场那么大。下面的村子依傍着河水。这片空地一派阴森,虽然当时阳光灿烂,从遗留的残桩可以知道这里曾经烧过大火。有的残桩高达四五米,有的则贴近地面,清一色的焦黑。树桩空隙间是人踩出的小路,看得出这是村里人上山的必经之地。我们找地方坐下来。

我说:"诺布,这是天火烧的吧?"

诺布:"天火要烧绝不止这么一点,这个山坡全要烧光的。"

"是他们自己烧的?"

"就是。他们的村子后面都要烧出一片空地,这样熊不会闹到村子里。大家伙都不从烧过的林子里过往,只有獐子和狐狸这些小东西不在乎这些。"

"有人从山上下来了。"

我们看着这人逐渐走近。他穿戴与路上见到的猎人完全相同,不一样的只是他没有枪,斜挎在肩上的是一柄弓和已经半空的箭囊,箭杆尾部是鹰羽。他年龄似已很大,个子矮小但脚力还健。我们坐在路边,他视而不见。他过去时我看到他背后搭着三只肥大的雪鸡。

第 二 章

小诺布对阿爸满心不愿意。

阿爸说这次进山回来要送他一杆枪。这当然是桩高兴的事。可是既然要送,为什么现在不送呢?他们这次进山难道不是去打猎?他不敢对阿爸当面抱怨。

阿爸兴致勃勃,驱马走在前面。小诺布没精打采跟着阿爸进了林达村。阿爸翻身下马,把马缰递给诺布,要他在外面等着,然后自己弯身钻进一个低矮的木门。阿爸个子非常高。

房子里一声欢快的惊叫,小诺布听出是个女人的声音。她的话诺布不懂,可是诺布知道她非常快活。她先是说个没完没了,后来就嘎嘎地笑起来,不知为什么她的笑使小诺布有种异样的感觉。再后来她竟呻吟起来,声音很特别,断断续续的,而且听不出有任何痛苦。诺布觉到了心跳,他不想知道她为什么呻吟,转身拉马离开木房子。这时他听到她啊啊地大叫起来,叫声里透出无限的快意。他快步离开去,心里简直慌乱得不行。

半小时后阿爸钻出那个矮门,那女人跟在他后面也来到门外。她很美也很高。阿爸回过身。她一下抱住阿爸的脖子,跷起脚跟,仰脸咬住阿爸的下巴。阿爸用两条手臂兜住她的屁股,把她紧紧拉向自己。这时诺布听到有人走过来。是个矮小的男人,猎人装束。诺布还看到挂在阿爸脖子上的女人脸色陡变,迅速撒开抱住阿爸的手。阿爸回过头,可是两手仍然抱住女人的屁股。他松开手,毫不在乎地与那猎手交臂而过,神情骄傲,甚或有一点挑战的意味。阿爸昂着头一直往山上去。诺布牵马跟在后面,一边回头张望。那猎人也不回望,不理睬门前发呆的女人,径直钻进木屋。女人完全失了神,呆看着渐渐远去的诺布阿爸。

诺布不再张望,小跑着追上阿爸,穿过村后空地,进入密林。

在以后的两天里,阿爸的火枪射杀了一只有着巨大枝状角的公马鹿。临死前,马鹿的前胸噗噗向外喷血沫,它发狂地把巨角在周围的树干上撞断,然后心满意足地卧下来,优雅地闭上它美丽的眼睛,俨然贵族气十足。诺布看得心惊肉跳,他和阿爸跟了它整整多半天，它终于没有逃出阿爸的枪口。奇怪的是他发现自己并不喜欢阿爸。他忘不了马鹿死前的眼神，那个充满柔情和满足的一瞬啊！

他右眼上眼皮不时地跳动，这使他心绪不宁。而且他变得疑神疑鬼，总是觉得近处有什么威胁。没有声音，这一点他也不再怀疑了。可是他为什么紧张呢？

阿爸利落地剥下马鹿皮，用树枝撑开晒到一棵松树上。诺布自己站在树下，捡起阿爸的猎刀揩净血迹，在树干上刻下一个女人头像。阿爸从树上下来，看到他剥下的树皮，也看到树干上的女人，竟对小诺布古怪地笑了一下。

父子两个捡了一些干树枝。等他们坐下来点燃松枝烤马鹿肉的时候，诺布犹犹豫豫地告诉阿爸，说他感到好像要出什么事。

阿爸说："什么事？有我在你怕什么？"

诺布不知道他怕什么。阿爸一句话把他想说的全堵回去了。第二天夜里他们仍然住在林子里。夜里下了雪。积了厚厚的一层。

有阿爸在，他确实用不着怕什么。

早晨是晴天，天格外蓝。他睁眼时阿爸还在打鼾。他不想惊动阿爸，轻轻坐起，这时他知道他的预感没有错，他看见了它。

雪地白得洁净，因而它白色的毛皮就显得脏，灰里巴叽的，黑色的钱斑分外醒目，就是醒目的黑斑才使诺布一下子看见了它。它像只大猫，平静安详又带点狡黠，它离他们不过三十多步远。它不带一点恶意地看着诺布父子。

也许是它的神态过分叫人迷惑了，小诺布竟完全没觉到害怕。他异乎寻常地冷静，用脚尖悄悄撞了下阿爸。鼾声停了，阿爸喃喃地嘟囔了一句梦话。诺布继续碰他，他终于醒了。

诺布不敢说话，只用眼睛示意。阿爸也懂了。阿爸轻轻翻身，就此看到了那头雪豹。

这时诺布才有闲暇注意别的。既然阿爸已经看到它，对付它也就不再是诺布的事了。周围都是豹子的爪印，有的离他们睡觉的地方不到一尺近。看来它曾经最大限度地接近他们。昨晚分割成块的鹿肉完好无缺，这真奇怪。

阿爸也不动一下，目不转睛地与它对视。诺布看到枪挂在三步外的树上，猎刀深深嵌进树干正好做挂枪的枝杈。阿爸怎么才能拿到枪呢？诺布想不出所以然来。他不能说话，不能站起身来，任何声音或动作都可能招致雪豹突如其来的攻击。

他的眼睛继续溜动。他看到树后张开弓待射的矮个子男人时毫不觉得意外。这时，他们和他、它的位置很特别，几乎是等距。不同的是它只看他们。阿爸只看它，他只看它。而小诺布只看他。它没有发现他，更没有料到他手里的弓箭即刻就可射穿它的身体。

情势很微妙。阿爸没有看到他,他显然是跟他们上来的。这时诺布才真正知道了自己一直担心的是什么。该死的预感。

诺布看得清楚,他右手的食指和中指同时轻轻一弹,箭镞带着轻微的呼啸飘出弓的半圆形弧线。几乎就在同时响起了震天动地的怒嚎——雪豹被射中眉心,顿时向空中蹿起,也箭一样射向开弓的猎人。

阿爸迅速蹿过去。就在雪豹前爪搭上猎人肩头的同时,阿爸一拳击中豹子的左眼,眼珠儿立刻迸溅出来,连同血浆一道。豹子向右侧摔倒,竟再没抽动一下就死了。

第 三 章

诺布说:"这件事我从来没对人讲过。"

四十多年前的故事他记得这么真切清楚。我想他即使没对别人讲过,肯定对自己不止十遍甚至百遍地重复讲述。我深信如此。

在我提议下,我们拉着马重又回到村里。村里清一色的木屋,横排扎起的原木作墙的木屋。一样低矮的小门只能算作原木墙上挖出的方洞。每幢木房子前面都有一个院落,细木杆长长的一条象征性地围了一下,算是栅栏。

我们走到一个院子前站下脚。这院子里拴着三头犏牛,其中一个是满身绒毛的犊儿。院子给牛踏得泥泞不堪。房子门前一侧有只黑色的大狗,看到我们就站起身,不叫,不跳,可是目光阴沉而凶狠。我感到吃惊。它极其高大壮健,有着小毛驴一样的体魄。毛色黑亮,使它显得结实,显得格外敏捷。要不是被一条多股牛筋绳拴住,恐怕它早就扑过来了。

这是一条看了就叫人胆寒的狗。

刚才我们每人嚼了两块压缩干粮,口干舌燥,我们很想到住户里要一点酥油茶或甜茶。我看得出来,拴狗的牛筋绳很短,使狗不能冲到房子门前。我和诺布把马拴在院子外,两人走进院子。聪明的黑狗没有试图恐吓我们,没有恶吠也没有龇牙,它站在原地不动,看着我们走进屋子。

从外面刺眼的阳光下突然走进黑房间,我的眼睛什么也看不见了。房间实在太暗,好像一下走进了绝对的黑暗。这种状态持续了大约半分钟。之后我才借助身后的光线勉强分辨出室内的轮廓。这时我发现室内另有一处光源,是屋顶上方的一个气窗。气窗的正下方是四块石头构成的火塘,显然气窗就是烟囱。石头中间正有几块木炭发着暗红的火光,一缕蓝烟直上气窗。烟缕被门前地面折射的光映得透明,使整个房间里充满莫名的迷茫气氛。

我走过去，蹲在刚才打雪鸡回来的老人身边。他坐在地上，自顾自地把漂亮的雪鸡用泥巴糊糊包起来。他看来过分聚精会神，自始至终没有抬头看我们一眼。他塌鼻子洼脸，五官紧凑地缩皱到一起，头发几乎全白了。我注意到他的右手食指齐根伤残，但剩下的四个手指却出人意料地灵活。

不知什么时候诺布出去的，我估计我蹲在老人身边起码有半个多小时。老人终于把三只雪鸡包糊完，站起身把它们拎到墙角黑处。这时我才看到墙角里还坐着一个人。这是个老女人，身材枯瘦；衣服很旧，和满是皱纹的脸都是黑黝黝的。当老头把雪鸡放到她面前时，她的眼白扑闪一下，我的心也随之重重地跳了一下。老头不说一句话，自己转身走到外面。

我当时犹豫了一下。我没有跟他出去。

老女人颤颤地站起来，同样颤抖着走向火塘。又高又瘦又抖颤，使人感到摇摇欲坠。她收起几根柴棒，放到木炭灰上，俯下身子去吹火。我站到对面。随着她吹的每口气，红光一明一灭，照出她的骇人的脸。骇人的是她两边嘴角的伤疤，疤痕一直延伸到耳根。我看到她似哭似笑，漠然的眼里完全没有生的气息。我没有走开。我从口袋里掏出打火机，点燃塘边的干松枝送到柴棒下面。火焰噼噼啪啪地燃起来了。

我把眼睛从她脸上移开。我再也不想看到这张脸。她不理睬我，我正好自己随便看看。我看到她原来坐的墙角放着一个石臼，石臼中的石杵有手腕粗细。她原来在捣干辣椒，而且已经捣出很多，我估计起码有十多斤！有一点可以肯定，我进来后她没捣一下，不然我早该意识到她的存在。

我也看到她用来吃饭的木碗里盛的辣椒，多半碗，紫红色的，上面是一只木勺。看来他们干吃这个。当然也有糌粑、干肉。我还注意到另一个屋角放着一个破旧的酥油茶桶。

我奇怪自己竟忘了渴，忘了讨茶喝。更奇怪的是我现在想起来我是来讨茶，我竟然不渴了，不想喝什么东西。

她在火上烧烤雪鸡，泥巴在咝咝作响，腾起白色水汽，和蓝烟搅到一起飘向空中。我感到口水涌出来。我忽然想起一件事，急匆匆地走到外面。诺布和老人果然都不见了。

强烈的阳光使我不能睁眼。

假如我判断得不错，他俩应该在同一个地方。我沿着来路向南，穿过村子来到一片围着密实篱笆的坡地上。这里林木多已砍伐，只留少数几个高高的树桩兀立在原地。树桩至少都有四五米高，上面是平齐的锯口。开始我想不出为什么要留这么高的桩。这里几乎全被围上粗树枝篱笆，篱笆墙把这块空地分割成许多块。走近时我看到原来里面是耕地，种着青稞和辣椒。这时我也看见了诺布。

他发呆地站在一面篱笆墙跟前。我马上猜出那就是打雪鸡老人的院子。就是。老人在里面莳弄辣椒苗，看起来专心致志。诺布看到了我，向我走过来，我猜不出我是否打扰了他。

我们都不说话，沿着篱笆院之间的空隙往东面山上走。我们走得很远了，可以看到下面篱笆院里干活的老人。诺布坐下来，又继续讲关于他阿爸的故事。

第 四 章

豹子死了。

阿爸和他互相没说一句话，甚至没看对方一眼。这件事从始至终都很微妙，开始他跟诺布父子上了山，目的可想而知。豹子盯上诺布父子时，又是他舍命相救引祸上身。之后，结果出乎意料居然是诺布的阿爸救了他。

他们互不理睬。

诺布的阿爸收拾起马鹿肉放到马背上，摘下枪上肩，拔出刀入鞘，既不看死豹，又不吆喝诺布，自己牵着自己的马走出这块是非之地。显然他把豹子算作珞巴猎人的猎物了。

诺布知道自己该跟上，但他心里有事。他知道事情没有结束。在阿爸收拾东西的过程中，珞巴猎人垂手垂肩站在一边，这时他不慌不忙从箭囊拿出一支羽箭，搭在弓上。小诺布突然大叫起来。

"阿爸！！"

阿爸没回头，像是根本没听见儿子撕裂声带般的叫喊。弓满了马上又亏了。诺布没看阿爸，疯狗一样扑上去咬住珞巴猎人的手。珞巴猎人用力挥动胳膊挥掉小诺布，转身下山了。

小诺布不用到跟前就知道阿爸完了。阿爸向前扑倒在雪地里，脸歪向一边。他的神情至死都是骄傲的。嘴下的白雪给殷红的血沫浸染了，像一朵花。

诺布回忆说，当时自己脑子里是空的，什么也不能想。他太小，一个人无法将阿爸弄回去。于是他抱住阿爸一条腿，倒退着往山顶上拖拽。这里是森林边缘，向上不远是些灌木，再向上就是雪线了。他要把阿爸弄到雪线以上区域。阿爸的另一条腿叉在地上，经常挂在灌木丛里，两条手臂的情况也差不多。这使十二岁的小诺布多费了许多气力。如果他抱住阿爸的头向上拖，情况会好得多，胳膊和腿都会顺顺当当，可是他不敢。他忘不了那朵红色的小花是从阿爸嘴里吐出来的。

一路上坡，阿爸块头又大，途中诺布歇了无数次。他要不时停下来，把挂住灌木的肢体重新顺好，他一直不敢再看阿爸的脸。

几百米高度，诺布拖拽着阿爸的尸体走了一整天。他记得他是天傍黑时停住的。这里距山的最高处还远，但这里已经是终年积雪区域了。从下面看到的雪顶其实都是永久性冰川，他和阿爸已经到了冰川上。

猎枪什么时候搞掉的,诺布已经完全没有印象。猎刀还在,这就够了。他只要猎刀。他跪在冰面上,双手倒握刀子,像刨地一样刨开冰面。他隐约记得,那个珞巴猎人一直站在下面不远处。他无暇顾及这个杀了他父亲的人。他只是一个劲儿地刨动坚冰,胳膊机械般地挥动了整整一夜。他想那人也站了一夜。

曙色初上的时候,他结束了刨冰。他已经站不起来了。膝下的永久性冰层已经被他的体温融进了半尺深。他刨了一个冰的墓穴,刚好容得下高大粗壮的阿爸睡在里面。他仍然跪着,用双手一捧又一捧地把碎冰碴撒到阿爸脸上、身上,直到完全覆盖了阿爸的躯体。

冰川上陡起了一个小小的白色坟茔。

第 五 章

诺布的故事讲到这儿就停下了。我没接他的话。我不知道自己期待着什么。可是我看到他的视点一直在下面老人的篱笆院里。

他说:"他们修这么结实的篱笆,是怕熊和野猪。这地方野猪很多,也有狗熊。"

我终于说:"他就是那个珞巴猎人。"

诺布没说话,他默认了。

我想了又想,最后下决心了。

我说:"你没有讲真话。"

诺布不解地转过脸看我。

我说:"你阿爸没有死。"

他更惊讶了。

我想他在装憨。

我说:"他,就是你阿爸。"

他的反应完全出乎我的意料。他竟微笑了。

我说:"我注意到了,他,右手的食指掉了。你说过的,是你阿妈把它咬掉的。那以后你阿爸打枪用中指扣扳机。"

他仍然微笑。

我说:"我想不出你阿爸为什么扔下你,最终到珞巴人中间定居?但我可以肯定,你不再爱你的阿爸,你在恨他。所以你说他死了,他死了也许你心里还好过一点。我还想,也许他家里那个女人就是你阿妈,她也没有死。也许正是因为她,才使你恨你的阿爸。是你阿妈做了对不起你阿爸的事?你阿妈被人用刀子把嘴剐开,是被你阿爸还是被另一个男人?我不知道。我只知道你没有讲真话。"

他张了张嘴,又合上了。我看出他被我击中了,他说不出话来为自己辩解。

老人仍然在做农活。下面那个画面几乎是凝滞的。我的大脑开始快速运转。我得想办法做一点事。对,就这样。

我说:"这样吧,我们一道下去。这次你得听我的,由我来安排。"

诺布苦笑了一下,轻轻摇头。

诺布:"我把故事讲完好吗?"

第 六 章

你说那手指是你咬掉的。当他挥动手臂挥开你时,他右手的食指已经留在你嘴里了。

七天后,你带着同族的叔叔带着枪来到林达。你来到他的木屋。他不在,那高个子女人已经说不出话了。她的嘴被撕开;伤口还没有愈合,她捂着嘴巴向你们指点方向。她指的正是山上,是埋你阿爸的方向。你到底没弄清,她的嘴被谁、为什么被完全撕开?

你此行报仇还在其次,你要把阿爸弄回到江边水葬,让阿爸的灵魂由神鱼带进大海。你阿爸是喝雅鲁藏布的水长大的,你要把他还给雅鲁藏布。雅鲁藏布是你们所有人的阿妈。

马儿拴在林子里,你和叔叔徒步往上走。你们一气爬到葬你阿爸的地方,你惊呆了。

这个冰雪的坟茔已经空了,只留下洁净的冰槽。是你叔叔先发现了山顶上的鹰群。你眼睛更尖,看到跪在山巅的珞巴猎人垂着头干着什么。

你们疯了似的向山尖尖上狂奔,走到跟前时胸膛像风箱一样起伏作响。你们不再向前。鹰群骚乱着,拥来挤去。

你阿爸的衣服已经脱去。结实的躯体精赤条条仰卧在白色的冰面。你毫无羞怯地发现,他即使死了,男根仍然强壮地向天勃起。珞巴猎手用刀子切下你阿爸的一绺乌发,用一块冰压住,然后,把他的男根一刀割下,左手高举着唤鹰,立刻有三只大雕争衔着一举冲上天穹。你的眼里给泪水盈满,你其实不是在哭。阿爸死的那一天一夜你都没有掉泪。

刀子灵活地来去,鹰群很快把你阿爸啄得只剩了白骨。珞巴猎人没有把骨骸砸碎,也许因为他没有带来可以砸碎骨骸的重物,也许这样就是他的愿望。

这以后许多年里,你一直想再到这个山上来一次,你不止一次地梦见你回到这里。生生白骨跟冰雪一个颜色,骷髅与不化的冰川黏合在一起成了这山的最高点。

当时你忘了来报仇的叔叔就在身边。你来到珞巴猎人跟前，和他对面，你双膝跪下。

他一直垂着头，垂得不能再低。

你跪着不起，等着他抬起头来。

他抬头的一瞬，你将叫他——阿爸。

他不抬头，他就一直跪着。

四十多年你从没回来过一次，因为你在他抬头的一瞬间没有叫出——阿爸。

不是你改变了主意。不是你顾虑站在一边的叔叔，其实你的同族叔叔不知什么时候已经离开了。

不是因为别的。他抬起头的一瞬你受了惊吓，你看到他的眼里在滴血。

第 七 章

诺布问我：

"难道你没发现，他早已经瞎了？"

一九八五年七月二十四日凌晨

涂满古怪图案的墙壁

有些人出于自尊意识,喜欢用似乎充满象征的神兮兮的语言,写可以从后面从中间任何地方起读的小说,再为小说命名一个诸如——《涂满古怪图案的墙壁》——这样莫测高深的标题。他们说为了寻求理解,这话同样令人难于理解。

——《佛陀法乘外经》

一

我下决心在这个故事里不出现我。也许我只是其中的某个令读者可怜的角色,但那个角色必定也有几分可爱。那个角色不会是我。

他叫姚亮，叫陆高也行。看来这又是陆高和姚亮两个人的故事了。也不一定。为什么不能再有别的人？甚或别的——什么东西——比如一条狗（陆二？陆三？陆九十九？）？比如一面画满古怪图案的墙壁？

扣题了。胡说八道的扣题，太容易了吧？也不那么容易，不那么简单。画那面墙壁需要时间，很多时间。很多时间的训练，速写、漫画，不用学色彩。很多时间写毛笔字，大王二王，怀素张旭颜真卿，苏轼米芾蔡襄黄山谷许多人，一定要摹林散之。很多时间读书，要不你就分辨不出孰高孰低孰优孰劣孰好孰不好以及诸如此类的一大批汉语的成对的相反相承的评介的结论性的形容词之间的同异。

是姚亮的书房墙壁。原来是白的，后画上去的古怪图案是黑的，毛笔涂上去的墨迹。不过还想做一点画蛇添足式的补充性说明，这个故事跟姚亮书房的墙壁没有关系、任何关系。

而且要再添一次注脚，要说的墙壁不是任何意义的象征。不再添了。

二

姚亮的书房在拉萨沿河大路北面的一个套在大院子里的

小院子里。院子里有两棵到了夏天绿秋天就变黄的杨树，还有一丛很像柳树的灌木，有一条自来水管一个水池一整套下水装置。有一个门，进去是那个书房，书房另外两个门一个通厨房一个通卧室。书房厨房卧室各有一个窗子。

姚亮是汉族。男性。三十三岁。无原发性疾病，无先天性疾病，无器质性疾病，无病。已婚。大学学历。无刑事处分记录。身高体重血压臀围以及视力各项从略。

一个女儿。女儿和妻子在内地。姚亮的妻子曾携女儿到拉萨探亲，妻子也是三十三岁。

姚亮平时与女人无涉，从未传出过带桃色背景的闲话新闻。看来他很爱女儿，他的桌上床头都摆有那个看来并不讨人喜欢的女孩子的照片。我的一部小说曾对他提出通奸指控，他断然否决了，用异体字以示郑重，那部小说叫《西海的无帆船》。我叫马原。

这里，我不是角色，我是个背景，叫道具什么的也行。姚亮自己才是角色，陆高也是。

以上的部分不是履历表，不是公安局的某种记录，不是新小说的所谓物化描写。

不是无病呻吟。无病不呻吟。绝不。

姚亮死了。是背景。

三

不是自杀。

不是他杀。

不是暴病突然亡故。

四

说来也许没人相信陆高不认识姚亮夫人。事实如此，不由人信或不信。姚亮夫人的意见是火化，只能火化。进烈士陵园需要资格。这些都是陆高张罗，姚夫人的主要任务是哭。再加上初到高原反应很厉害。

他们还就是否开追悼会的问题反复商量。这其实是个小问题，本来用不着这样费神。陆高大概在想人死了就死了，活人愿意操心就操心，怎么着都没有关系。姚夫人大概想的是该有点表示，她和他们大家。

比较重要，确实该拿出时间讨论的问题他们反而像是完全忽略了。就是遗产。

遗产这个词的含义好像与财富或者钱一类的有价有形物有关。二十世纪后半叶的中国人对这个词比较陌生主要是因为许多不太好阐述的历史事件有所限制，这个词在八十年代中期开始比较频繁地出现了。某人到某外国去继承一笔遗产，某资本家（财阀）的后裔因为落实政策继承了一幢洋房（遗产），某活佛（统战人士）死后留给家属一座庄园（西藏）。

姚亮不在寺庙侍奉佛主，但他在西藏。他没留钱、庄园、地产、珍宝，他的遗产说来惭愧，是一只纸糊的信封。信封很大，里面装着厚厚一叠写满小字且已经发黄的稿纸。简单地说是一部手稿。如果稍微复杂一点，把这部手稿走马观花地溜一遍，可能你要说这是一部手抄稿。也就是说不是姚亮的著作（姚亮有过著作，是与孙效唐先生合作完成的一个短篇小说，叫《中间地带》，发表在1984年5月号《西藏文学》杂志上），是姚亮抄录或姚亮保存的一部别人抄录的手稿。这个问题可以很快查清，姚夫人和陆高都熟悉姚亮的笔迹，况且如果有必要可以请警察机构帮忙。

这是一部叫人费解的手稿。汉文。没有生涩难懂的词汇，可是你看了却绝对不明白这些汉字凑在一起是什么意思。

它叫《佛陀法乘外经》。它又实在不像是经文，说白话，说现在的一些事，说得磕磕绊绊的缺乏连贯性，说到许多陆高和姚夫人熟悉的人和事，还说到很久以前的事和学过藏史的人们都熟知的人物，比如朗达玛。这都不算什么，叫陆高和姚亮老婆吃惊的是这里面还记述了尚未发生的事，就先讲讲这个。

五

……姚亮死得蹊跷，没人知道他是怎么死的，可是将有人发现他的书房里有不属于他老婆的女人的东西，这件事给死去的姚亮的名誉留下暗影，包括他的老婆要怀疑他的死与某个女人有关，许多人参与调查，调查没有结果，他老婆不久就把这事忘掉，她又结婚了，生下不属于姚亮的第二个她的女儿，这个女儿十六岁……

六

他老婆无论如何搞不清是谁把这支进口唇膏最终交到自己手里的，事实是这支唇膏已经被所有在场的人传看过了。她是最后一个。

她不能就此有任何表示，愠怒的或者超然的都不能。她只能马上离开现场，不然所有的想象力都会蜕变为闲话一股脑钻进她的耳朵，她肯定不敢做任何联想任何假设。她匆匆离开了，飞机一下把她带到北京，她把唇膏扔进了飞机厕所的专扔妇女卫生巾的方孔，之后在北京站前买了一餐鸡腿快餐饭，匆匆吃完就上了火车回到东北家乡。她绝对不会把唇膏的故事讲给刚上小学的女儿，女儿还小，还不到涂唇膏抹口红的年龄。

她以为她就此走出了这个故事。她走不出去，即使坐飞机以后马上又坐火车她还是走不出去。不信你看着。她犯了个错误，她忘了她作为直系亲属可以名正言顺堂而皇之地继承这部手稿，那样的话这个故事就算到此为止了。没有这种安排。这部手稿上已经写明她无意争取它的继承权。

她甚至不要姚亮的藏书，那些书可以办一个包括文学历史哲学和美术书法在内的不大不小的图书室。姚亮把以往十几年的余钱全都花在这些书上了，大约总有几千册吧。他有一个女儿，也是她的，她完全可以把书留给女儿，女儿已经到了读书年龄。

七

陆高作为一个拉萨市民平静地生活着。他保管着姚亮的遗产。这个事实勾不起任何人的兴趣。自从有了电视，书就成了古董。

每年姚亮的忌日，陆高就记着写一封信给姚亮的女儿，就像那些年姚亮一直想着留在农村的陆高一样。说这些也没什么意思。

八

……陆高无聊的时候会想起这部手稿同时翻开它看到他所不知道的姚亮的一部分隐秘的生活像拼贴画一样难于理解比如姚亮有自淫癖姚亮经常一个人在深夜到弯曲晦暗的八角街转……

九

姚亮自己告诉过陆高，说他有一次艳遇，那个女人现在还只有十四岁。

他说她是尼泊尔人，她爸爸是个商人。她把他带到家里过夜，她说爸爸经常不在家，家里只有一个哑巴女仆。女仆有六十岁以上，苍老麻木，从来没正眼看过姚亮。

姚亮说她最大的乐事是让他画她，其实是让他看她，欣赏她的肉体，欣赏她魔鬼一样的灵魂。她总是迫不及待地关上屋门，马上脱光衣服，赤条条地在床上摆出各种姿势。她最喜欢的姿势是两臂高扬起，两腿最大限度叉开，她对性交缺乏热忱，她要姚亮画她，姚亮为她画了不下几百张速写。她最不能忍受的是姚亮在欣赏她时精神溜号。她为此狠狠抽过姚亮一个耳光，后来她抱住姚亮大哭。

姚亮知道陆高对猥亵的事没兴趣，所以他绝口不谈她的乳房大腿脖颈和屁股，他只告诉陆高，说她发育得很成熟了，说她个子很高。这些故事如果不是手稿提醒，陆高已经完全不记得了。手稿说了，陆高也隐约记起了有这么回事。手稿和姚亮都没说她长得是不是美。

手稿上还说她不让姚亮为她照相。这事姚亮没讲过。陆高要是喜欢推理，他也许会认为她不想让自己的照片成为春宫图流散到市民中间。姚亮说她在八角街是出名的规矩女孩儿。事实上，在陆高诸多的先天性缺陷中最叫他遗憾的就是完全没有推理能力，因此而来的缺陷就是缺乏推理的热情。

手稿和姚亮本人都没说她家的准确位置和她的名字一类线索性材料，即使陆高有兴趣去找一找这个女孩子，八角街总共有三百三十三家尼泊尔商店，至少有几百个尼泊尔少女，陆高是很难找到的。陆高大概不会想到去找这个女孩。手稿又被搁置了一段时间。

十

这段时间里,陆高认识了一个从牧区来的少年男子汉青罗布。青罗布八岁,也叫牧神青罗布。青罗布是拉萨众多苦行僧中的一个,他也坐在热闹的八角街路边诵经,等着有行善的佛教徒往他的藏式毡帽里扔钱。

他有七七四十九只毛色黑纯的小山羊,山羊像有灵性,在他的下首排列整齐地卧成一列,在色彩纷繁的八角街里这支队伍可以说蔚为壮观。青罗布叫陆高陆叔叔。

青罗布的队伍到拉萨来,一路上历尽千辛万苦,这是一段有趣的故事。他讲他过雪山时困得不行,就睡在山羊用身体排成的床垫上,到了早晨山羊的腹毛都冻贴在冰川上了。他讲他撒尿时边撒边冻,他只好边撒边用羊鞭来回拨拉冰棍。他还讲了他和一个汉族小姑娘的遥远而神秘的爱情故事,陆高把这个故事记下来挣了五十二元钱稿费。

陆高不能理解的是青罗布不信佛,但他照样把辛辛苦苦弄来的钱换成酥油去敬菩萨。你为什么不信佛呢?我不知道佛。那你为什么又要拜佛？我是藏族，藏族拜的我就要拜。

青罗布没来过拉萨，到拉萨以后他发现自己不喜欢这个叫圣城的地方，他尤其不能想象阿爸和草原上的男人们冒生命危险到拉萨来。

"这里不像草原，一点都不像。"

"这是拉萨，拉萨不是草原。"

"我喜欢草原，不喜欢拉萨，我很快就回去了，我的羊在拉萨没有玩的地方。"

"拉萨四周有很多草地，北面，东面，西面也有。"

"南面是拉萨河。草地不是草原。"

陆高什么也不能再说。

夏天的一个下午，陆高送青罗布和他的黑山羊离开拉萨。他们穿过喧沸的八角街一直向南，来到湍急的拉萨河边。他们一路无话。

没有桥，桥在上游很远的地方，也没有牛皮筏子，牛皮筏子渡口在下游很远的地方。

"陆叔叔，你现在不要回头。我们身后二百步远的地方坐着一位姑娘。她爱你，你和她生娃娃就叫青罗布吧。"

"可是青罗布，你怎么过河呢？"

陆高马上就发现他的担心没有意义。四十九只黑山羊像有谁在组织一样，在河边水里排成方队，七横七竖方方正正，青罗布像帝王一样气度雍容地走上去,山羊船起航了。激流不能冲动它们,它们一点也没有向下流移动,正南切向对岸。陆高想起一个传说,说是一个健将级游泳运动员想做第一个征服拉萨河的人,没游到一半就给激流冲下去了。人或为鱼鳖。

十一

她就坐在距岸边二百多步远的草坡上。陆高以为青罗布来时看见她的,陆高自己当时没留意。她在陆高走到近处时站起身。陆高发现她个子非常高,可以齐到陆高眼睛。陆高比多数男人高半头还多呢。

迄今为止,陆高还从来没走进任何一个爱情故事,他以后也没有这个幸运。但是牧神青罗布预言他要和眼前这个女人生一个娃娃。不是一个,青罗布只说生娃娃,没说几个。

她对陆高说:"这个院子就是我的家,到我家里坐坐吧。"陆高知道不能不去。路上,她补充说:"你不知道我叫什么,住在什么地方。你没来找我。"

这是个旧庄园,院子不大,二层楼房显得古老幽深,是幢结结实实的石砌建筑。这幢大房子里好像没有别人,院子里有大群长毛狗嬉闹追逐。窗子是又高又窄的那种,墙壁厚得令人吃惊,走廊里很暗,房间里也差不多。陆高注意到,除了他跟着她走进的房间门是开着的,其余的门都关闭得密不透风,像是从来不曾打开过。这是一幢奇怪的房子,可以想象其中有的是隐秘,有的是哥特式的恐怖故事,有的是老处女失意的爱情。

而且院子有很高的石墙,有两人高,还有一个漆成黑颜色的看上去沉重推起来又很轻盈的铁门,铁门几乎跟墙壁一样高。

陆高进到这幢房子就消失了,消失了整整半天加一夜,他是第二天早上走出这幢大房子的,他看来毫无倦意。

应该先说明的是,在这段时间里陆高和这个年轻女人没干牧神青罗布预言的男女之事。他们彻夜交谈——准确地说是谈话,陆高说得很少,所以说交谈是不够准确的——话题范围不大,集中在那本经书上。读者知道在此之前我一直称它为——一部手稿。她知道这本《佛陀法乘外经》这个事实已经使陆高惊诧不已。她认识姚亮,知道关于姚亮的许多连陆高也不清楚的情况。

有一段时间(是开始的一段)陆高猜测这个女人是否就是姚亮那个十四岁的尼泊尔小情人。她高大丰满发育成熟这一点跟他讲的是一致的,但是陆高不相信她只有十四岁。她没有皱纹,女人的年龄是人类最难解的谜。她不像姚亮说的那种暴露狂患者，她有点忧郁，矜持而庄重，陆高由此估计她的年龄在二十八岁上下。还有她是藏族，陆高到西藏的几年时间已经成了专门研究藏民族的民族学家。她的脸的轮廓、表情、动态以及感情方式都是纯粹藏族的，这一点陆高绝对有把握。她没有母亲，父亲三年前到瑞典探亲还没有回国，她和一个比她年轻且矮小的女孩同住，是她在牧区的一个远亲，她们养了许多纯种拉萨狗，种了许多花卉，她们过着与世隔绝的安静生活。

她拿出姚亮为她画的许多幅速写，陆高看不到一张画裸体的，她不是那个小情人这一点是确定无疑的了。陆高惊讶地发现姚亮速写水平相当高，用线的准确和表意很有点马蒂斯的味道，尤其是那种出人意料的简洁，那种透出灵性的变形和古怪的拼合。陆高有两年时间没有看到姚亮作画了，他责备姚亮疏懒，他想不到姚亮的长足进步。他们谈话时吃的是精美的藏式小点心，喝着酥油茶，茶杯相当华贵。

十二

……陆高终于发现这部手稿与他正在读的另一本阿根廷人博尔赫斯所著的叫《沙之书》的书非常相似同样没有接续的页码没有逻辑序列的叙述有的只是一节一段的跟发生

过的正在发生的必然要发生的事件的叙述陆高在这部手稿中曾经读到的部分他要重新读时就找不到了他后来知道了所有记述的只能出现一次,就像标出的页数一样,可能前一页是十三位数的数字而接下来的那一页只有一个零,有阿拉伯数字,罗马数字和另外一些鲜为人知的只有极少数人的民族所使用的记数方法。陆高希望从中找到一种新的历史学方法结果他失败了他从而发现这部手稿通篇胡说八道它其实是不存在的或者也可以说它的存在与不存在毫无不同。不同的是他改变了对老朋友姚亮的一贯看法以及对朗达玛是否被贝吉多杰杀了这一历史结论的怀疑。陆高相信贝吉多杰是乌鸦转世却不相信只会流泪的黄牛会变成朗达玛。陆高不能忍受他以前和以后的行为被记录下来,他和姚亮在这一点上完全相反。当他知道了姚亮老婆自己事先把唇膏扔到姚亮的书房角落,他原谅了这部手稿……

十三

陆高是个极富克制力的男人,他终于没有第二次走进那个院子。每次他像戒烟的人又犯烟瘾心里没有着落时就犹犹豫豫走上八角街,强迫自己对每个做生意的店铺发生兴趣,强迫自己用色情的观察去排解心中的魔鬼。不用别人指点他就可以认出卖淫者。他的一个警察朋友告诉他，说没有户口的浙江佬已经占领了拉萨的修鞋市场，正在占领卖淫市场。这个警察还提供另外一组数字，拉萨现在的流动人口是十一万，几乎相当于全部有户籍的拉萨居民的总和。其中朝佛来的藏族占百分之十七，四川人占百分之四十四，浙江人占百分之三十三，其余比数为其他省份的自由职业者和国内外的旅游者。

接续不断地转八角街的结果，使陆高暂时逃出了《佛陀法乘外经》，这段生活在那部手稿中没有记载。陆高原来只是为了另外一个微不足道的想法，他与别人生孩子与否不是这个故事津津乐道的部分，现在他却意外地逃出了令他烦恼不已的经外经，他在高兴之余决定为一本叫《通俗故事大观》的杂志撰写一篇描述拉萨妓女和流浪汉生活的传奇小说。那个杂志曾三次向他郑重其事地约稿，说稿费从优每千字五十元人民币（相当于其他杂志的三倍），陆高每次都把约稿信轻蔑地扔进纸篓。现在他主动写信向《通俗故事大观》表示了写小说的愿望，很难说其中有多少想法是为了钱。

于是他每天入夜时摊开稿纸，经常一直坐到天边泛白也不写下一个字。他的思路总是从那些卖淫的女人滑到牧神青罗布又滑到故友姚亮最后滑到被马原打死的黑猫贝贝，他绝对找不出这些人这些事之间的联系。他于是不写，像是跟什么赌气一样。

有一天他坐着做了许多梦,梦见的好像是在那个幽深的石头房子里的谈话片段,梦一直持续到天亮,其间倒断断续续的。

十四

"他被一种梦的狂想纠缠住了,他说他每天都做一些相似的梦,说像是一本书,说他要记下页码之后再记下梦里的事,他说梦里的时间乱七八糟,说他经常做梦是由于神经衰弱,说他经常梦见你。"

"呃。"

"他说他连着三天做相同的梦,他说他就不知道哪一天是先做的梦了。他说也许第三天的梦是最先做的,问我,我就同意了。"

"呃。"

"他说他老婆是个好女人,他说他死了他老婆哭他是做给别人看的,他说他老婆心眼儿实在,有时玩一点小花招也不是不可以。"

"呃。"

"他给我画我的时候,我觉得他的眼睛可以透过我的衣服。我衣服都是外国的,我喜欢漂亮的衣服,我衣服很多。"

"呃。"

"他说眼睛和耳朵和鼻子和嘴和身体的其他部分串通一气来捉弄心,他说宇宙是圆的,说地球是圆的,说人是圆的,说什么什么都是圆的都是原子,我不知道什么是原子。"

"呃。"

"他说没有宇宙,没有人,只有心。他说只有精神,别的都没有,他还说他可以用推理的方法来证明灵魂不死,他净说些听了要害怕要做噩梦的话,他说他听了自己的话夜里就做噩梦,可是他为什么还要说这些话呢?"

"呃。"

"他还说到他的房间,说他在书房里堆了几千本书,说他买了一张有小洞的老虎皮,说虎皮的斑纹像时时都在抖动,说挂在门上的牦牛角可以给他带来灵感,说他有一幅大得不能再大的地图,说他的另一面墙壁画满了古怪的图案,说他和高更和马蒂斯是好朋友,说高更说马蒂斯是外国人,说外国人死了许多年了,说他爸爸只有一个儿子,说他有一个女儿。"

"呃。"

"他说的最多的是便宜了马原,说马原只是记录他的生活就成了作家。他说这样也好,白纸黑字,不朽的是姚亮而不他姓马的,他说傻瓜蛋马原自觉自愿地当了他的书记官。他说没有人记得《拿破仑一世》的作者叫什么名字,人们记住了波拿巴·拿破仑。"

"呃。"

"他说马原表面上傻兮兮的其实是最奸最狡猾不过。说马原整天在八角街转来转去,心里打着别人的主意,他把别人的生活稍稍编排一下就变成了钱,他说他恨马原。他说那个做泥佛的老太太那么可怜,那个杀人的老太太那么可恶,那个放风筝的小姑娘那么可爱,马原全不管,马原只顾写他的小说骗钱。"

"呃。"

"他说他知道一些事,这些事是写小说的绝好素料,他说这些事只有他一个人知道。"

"呃。"

"他说他认识八角街黑社会的一个核心人物,这个人是印度血统,又有中国国籍,他说一口流利的汉话,户口上标的是藏族。他参与了倒卖夜明珠的国际性走私活动,他有手枪,在他手里可以买到包括活人脑子在内的任何东西,只要你出得起钱。他说这个人的情况他知道得最详细,但他不告诉任何人,绝不。"

"呃。"

"他说他发现了一个小寺庙,只有三个喇嘛,其中住持喇嘛是仅存的密宗传人,他得道后自毙双眼退出尘世,他说只有他一个人知道小蚌壳寺的位置和密宗高僧的身世。"

"呃。"

"他说他不解释,没有人能参悟到他书房墙壁上那些图案的奥秘,他说他不解释,他把这些奥秘一直带进坟墓。"

"呃。"

"他问我是不是信佛,我信佛。他又问我为什么信佛我就回答不上来了。他说藏族全民信仰佛教,说多数佛教徒都没读过经文没学过佛教教义,他说得对。他说没有人能解释这个现象,他说他能,这是他想带到坟墓里去的另一个奥秘。"

"呃。"

"他知道扎巴老人玉美姑娘牧羊人顿珠以及所有说唱格萨尔艺人们的奥秘。"

"呃。"

"他知道野人羊角龙掌纹地带的奥秘。"

"呃。"

"他说《佛陀法乘外经》不是他写的,他说他希望是他写的,他说他的希望和他实际能力之间的距离使他生自己的气,他说他知道生气不生气都没有什么意思,他说他说什么想什么知道什么也都没有什么意思。"

"呃。"

"他说他所以这么说是因为他终于没办法改变这个结局,他明知道马原谋杀他可他对此无计可施,他想过要指控马原也知道结果还是一样。所以他决定在最后的时间里不再斤斤计较,他说他最终宽恕了马原。"

"呃。"

"他说陆高凭着呃呃呃……一味装傻可以幸免于难,他说陆高也不是好东西。他说他高兴这个结局,高兴就此退出马原的小说,他说他再也用不着受这份洋罪了,这使他高兴。"

"呃。"陆高隐约记得梦是这么结束的。

拉萨生活的三种时间

> 你们中有人复返于一生中最恶劣的阶段,以致他在有知识以后又变得一无所知。
> ——《古兰经》第16章·第70节

一

想说说三天里发生的事。昨天,今天,明天。想颠倒一下顺序,也就是说,从明天说起。三天即三种。

明天还没有到,还有大约十三个小时,不过没关系。我没有买机票,也就是说没有出门的计划。朋友们都知道拉萨不通火车,要离开拉萨必得坐飞机。

可以因此断定,明天的故事也是关于拉萨的。该怎么开始呢?夜里零点以后就是明天了。

在拉萨讲时间的故事有点障碍，因为时差。拉萨经度比北京西移大约三十度，时间大约晚两小时，其一。另外，生活在一九八六年夏天的中国人都知道时间变了，夏时制，全中国的钟表同时向前拨了一小时。

这样，以往北京在每一年的这一天——公历五月二十四日——的零点时间上，今天的拉萨人过的只相当于以往北京人概念中的二十一点多一点儿。天刚黑不久，如此而已。

二

我不说你们也猜得到，这么早当然不会睡觉。干什么呢？

我可能要坐下来继续写小说，我老婆估计要织一阵毛衣——顺便说一句，我去年十月正式和她扯了大红光纸印制的结婚证，内文是用藏汉两种文字完成的——她眼下正在为我的秋天操心。织毛衣，如此而已。

读者朋友们中有细心的，一定会翻翻日历，之后一定会发现这一天是星期日——我说的是明天，五月二十五日。

我写小说经常在夜间，经常通宵达旦。所以我写了一阵必然要休息一阵，休息的时候我一般习惯到户外；拉萨的夜实在很美，用我的习惯用语——美得一塌糊涂。美得不可收拾。如此而已。

我于是先探头进里屋,看看老婆睡了没有。没有,这也没关系。其实睡没睡都没关系。然后我就轻推门,来到外面再轻掩上门。

我得说我现在住得离大昭寺离八角街很近,而我过去有两年多时间就在布达拉宫山脚西面的林子里。过去夜间散步,我习惯绕布达拉山,一圈大约一千三百米,大约二十五分钟。

现在我转八角街成了习惯,我只要七分钟就可以慢踱到大昭寺门前。大昭寺是八角街开始也是八角街结束的地方,如果你是外人,你要转八角街的话。当然你不一定是外人,那么你就可以从任何小巷子拐进八角街。

我这个位置离大昭寺最近,我不必绕路钻小巷子。我从正面进入。

这种时候大昭寺门前并不安静,当然人不算多。有个老太婆常年睡在大昭寺门前,现在她肯定还在,想必已经深入梦境。

我永远没法理解,为什么无论什么时间都有几个高大健美的康巴汉子骑着自行车在大昭寺前面的广场上兴致勃勃地兜风?不是一个两个,不是三十五十;他们彼此有些相似,同样头戴红黑两色缨穗,同样漂亮的紫红色脸庞。也许他们把时间分配好了,一拨骑车兜风,其余的休息睡觉?到了规定时间,他们的另一拨像换岗一样接替前一拨?

他们许多人有各种首饰。他们的首饰不是镏金镀银仿宝石的,他们不喜欢那样的现代首饰。他们佩戴着真金真银真宝石,真正的珠光宝气。

我老婆到这以后就迷上首饰,我全力以赴讨好老婆,竟也成了这方面的行家。我转八角街只在可意的首饰面前驻脚。明天凌晨当然不会例外。

三

我看到那个骑车的大个子头上的银物就站下了。他发觉我在看他,骑车绕了个圈子转回到我身边。

他说:"哈罗。"我问他:"什么哈罗?"他说:"你是汉族。"

我常常被当作外国佬,胡子太多了,另外眼窝也深。

我指着他头顶问他:"那个,卖不卖?"这时猛不防围上来一大群男人,个个都是康巴人装扮。

这下好了,这些躲在暗处打瞌睡的家伙一下来了精神。他们纷纷伸出手指(亮戒指的相),低下头(亮头饰的相),要么用手托起颈下的宝石珠串。白天可没有这么好的机会,白天人多,不会有这么多人站成排供我一个人挑选。

我有点犹豫，我身上没带钱。另外，我还是第一次一个人面对这么多剽悍的康巴男人，康巴男人可是世界上最神秘的男人。他们曾被希特勒列为最佳人种，据说这个姓希的曾经计划将康巴男人弄到德意志帝国去与雅利安女人交媾生娃娃，以造就最优良的新种族。当然姓希的没有得逞；他运气不好，太短命了。就是这些个男人，在拉萨也有些骇人的传闻。说是他们只要拔出刀子就一定得见血，不然那个男人的家什就白长了。前不久我还讲了个康巴汉子被激怒杀人的故事，叫《康巴人营地》。

（一定有读者认为我东拉西扯得过了头；没关系，现在我再拉回来。）

我拿定主意不与任何人成交，只看看，看看而已，绝对不表示过分的兴趣。我自想可以不激怒他们。惹不起还躲得起，这是老祖宗的训诫。

我拿出十二分的认真，仔细看了好几个人的首饰。有的我摇头表示不可心；有的我则竖起拇指称赞，然后告诉他：真好，可惜太贵了，我买不起。真的，有颗大猫眼儿石，市场时价至少要五千元以上，我怎敢问津？

真正叫我心动的还是第一个和我交谈的大个子，他足有一公尺九十高矮，也就是说比我还高出一截。补充一点，我一米八四，九十公斤。我说动心的是他的银头饰。

| 拉萨生活的三种时间

我知道，在描写这件艺术品时我应该像巴尔扎克那样笔墨铺张，如果我有这个能耐的话。非常可惜。

它很大，嵌在头上使头也显得小了。它上面镶嵌着三颗质地极好的红珊瑚，底面镂出古怪拼合的图案。图案上有几个动物，最小的一个是象，象大家熟悉，比较容易辨认。最大的一个猴头马身，看来是一方神祇。两个不大不小的像是兔子和大鹏鸟。周围另有些植物，也有相当抽象的古怪图形；不知是匠人随意随兴之作还是佛门太深，不易窥其堂奥。它外形与双肚葫芦相似，有大小不同的两个类圆形相连接，小圆上有个葫芦嘴，也像奶头状。它是全银的，掂在手上很有些分量。它完全使我着迷了。

我同样没法理解的是为什么要发生这些事。其实我早就知道这些事非发生不可，只不过不理解为什么要发生。如此而已。

我想简单地说一下发生的事。

我知道我非买它不可，但是我不知道这是否超出了我的购买能力。结果出乎我(肯定也出乎读者朋友)的意料，他把它白送我了。这一点我可以肯定。如果哪个朋友有兴趣，就请在看了这篇故事之后来找我，我想那时我可以向你炫耀一下这件宝贝了。

它真是件宝贝！

他最后说他叫阿旺,他说他是我的朋友。他是拉萨长大的,他父母来朝佛时生下他。他虽然是个地道的康巴汉子,可他是拉萨人,而且二十年来从未离开过拉萨,他二十岁。

在这之后我突然有个想法,我提议和他掰手腕,比比力气。这是男人喜欢的项目,我想他也喜欢。我是运动员出身,结果我赢了,我还赢了周围另外几个不服气的汉子。他们待我比开始和气多了,像多年老朋友一样拍我肩膀,还有个年纪小些的好奇地过来捏摸我胳膊(我故意用力绷起肌肉以显示实力)。我们和和气气地分手了。我回到家里,老婆神情紧张地守候着,像发生了恐怖事件。

我把那件宝贝拿给她看,让她猜我花了多少钱。她说三百元。她说,她转八角街时看到过它,而且问过价钱,三百元;是个很高的康巴男人。

我讲了刚刚发生的故事,讲过掰手腕时我不无得意,她听得很专注。后来她问:"他为什么要白送你呢?"

我摇摇头。我怎么知道?

四

我们都没有睡意。她是因为刚才一个人害怕,我还沉浸在刺激后的激动中。她说天花板里面仍然有响动，就像人在上面蹑手蹑脚。

这件事似乎越加不可思议了，我和我老婆在明天凌晨里胡思乱想，胡言乱语。她在讲一个小说构思。

她借用的是我的一个朋友昨天讲的一件事，她把那件事与眼下自己家天花板里的声音联系起来。

我不知道我是否应该讲讲她的构思。我曾经做过这样的事，把另一个朋友刘雨的小说构思写进我的小说，我的那篇小说有一个与这篇小说很相近的题目——叠纸鹞的三种方法——我也说不好是否这就是所谓"巧合"？不过我长时间以来心里总觉得这是个事儿，好像有点不那么光彩，好像多少沾一点抄袭的光？

既然我已经动笔，又已经写到这里了，我不妨先写下去。写一写总不能就算作是抄袭，要发出去以后才有是否抄袭的问题。

她很有些想象力。昨天我朋友讲的事情比较离奇，大概也或多或少地刺激了她的想象。看来我又得打乱原来计划，要先行讲述昨天朋友讲的事件，然后再讲完明天的故事。

我这个人就是这样，事先计划什么注定要失败，搞得一团糟。

我为了不致把这篇东西弄得太乱套，索性冒画蛇添足的危险，先介绍一下那个朋友的基本情况。

午黄木；男；汉族；一九八四年毕业于辽宁大学历史系；同年进藏。现在某学校任党史课教师。未婚。信仰辩证唯物主义及历史唯物主义。农民家庭出身。爱好集书读书。爱好辩论。身体健康，无慢性病史。

就这些。我以为这样介绍一下可以便利读者。对了，忘了说年龄，他今年十一月满二十七岁。

五

大马，我来叫你是几点？

就六点多钟吧，天还没亮。真不好意思，这么早把你搅和起来。我也不是有意搅你，我实在不知道该怎么办好了。你知道我一般很少求人，更不要说这种时间来求人。

连着好几天了，我晚上总觉得天花板里面有人走动，只要一闭灯就听见有人走动的声音。开灯的时候没问题，我不怕，你知道我不信鬼神。

可是闭了灯眼前一片漆黑，那声音就不一样了，吱吱嘎嘎，叫你觉得上面的那个人简直肆无忌惮。

我努力不理会它，我每天睡得很晚这你都知道，我困了才闭灯,我想我可以很快入睡。我为了快睡开始数数。可我睡不着,我总想着上面那个人。我甚至听到他从墙壁走下来,我什么都看不见,只能听。

就这样我已经连着三天失眠,我实在受不了啦。事不过三,三天了!妈妈的,我受不了就跑到你这儿来,咱俩再一道去找子文走,咱们三个爬到天花板上看个究竟。

你去看看就知道了,墙上还有脚印,不像人,像熊掌。

就是。像熊掌,不过说像雨渍也行,模模糊糊的几大块污迹。子文走说午黄木疑心生暗鬼,说他该找老婆了,说他正在青春期得了性烦闷症,说有个女人做伴就什么也听不见了。

那几块熊掌印从天花板一直下到地面,也像是有点名堂。可天花板是用胶合板钉起的,即使有人(或熊)出入也不会揭开钉紧的胶合板吧?子文走说:"你搬进这房子那天我就看到这几块熊掌印了。"

午黄木说:"没有。绝对没有!我前天收拾屋子,墙上还是白白净净的。我住的屋子我不知道?"

我说还是找个梯子吧,找梯子上去看看,是神是鬼就都清楚了。午黄木说天花板出口在厨房里,不用梯子就能上去,踩水龙头。

"不过……"

在不过后面加删节号是常用的卖关子手法，我也用一次。不过——这是他说的，午黄木说的。我估计他是想暗示上去有那么点恐怖，他看来确实被他的幻想吓住了。

子文走不在乎，我也不太在乎。前面说过我是运动员出身，子文走也是，而且是业余拳击家。午黄木没有手电筒，于是我们用蜡烛。两根粗蜡烛就够了，主人不上。不敢吧？

六

她的构思就此开始，起因是我们的天花板也响，那声音也像上面有人在走动。她是女人，女人胆小，胆小可以派生出许多想象力。

肯定有人，这是前提。问题是什么人会钻到天花板里来。小偷，这种可能性很大，要偷东西钻天花板顺理成章。流氓，想偷看人家夫妻或情人在住室里调情做爱。还可能有什么人呢？她说一定是朝佛的没地方睡觉，钻到天花板里又暖和又隐蔽。

我提出疑问，他是怎么钻进去的呢？难道这幢房子的住户会有谁允许外人钻天花板吗？

（这是我们单位的职工宿舍，全部住户都是我的同事；而且我们单位不大，彼此十分熟悉；我们的全部五幢房子都被一道石墙连接起来，我们单位完全与外界隔绝开了。一个藏族老阿爸做门卫，外人不可能进到院子里来。）

就前几天你下乡，电工到家里修整照明电线路，我才知道我们这些天花板都是活动的，没钉上。那个电工索穷蹲在上面往下看，还冷不防扔下一段电线头儿，吓了我一大跳。我抬头看天花板开了一个大黑洞，心里就不稳当了。我夜里不敢睡，生怕上面下来什么人。你想，别人都知道你不在家，家里就我一个女人，你说有人起坏心了可怎么办？

还有，你大概不知道，我们这幢房子东面大山墙上房檐下有通风口，从那儿可以进到天花板里去。通风口大得能随便钻一个人，不信你过去看看。真的，我去过了，骗你是小狗。

看来问题有些复杂。我们说走就走，这时天还没亮。

我们单位院子大门朝西，我们出了大门之后向南到十字路口再转向东面，缘着院墙到了拐角处又向北，走了大约二十几步来到一个居民住的藏式院子门前。我们住的房子恰好与这个院子里的一幢房子毗邻。

大门虚掩着，我上去轻轻推开，门后有什么东西挡着。

我用手电筒照出那是个人,他蜷缩在门后睡觉。我们从半开的门缝挤了进去。老婆一只手下力地抓紧我,把她的紧张传导给我。我们穿过门洞往院子里走,这时我最担心的事发生了。

有两只小藏狗不知从什么地方同时窜了出来,对着我们死命吠叫。我一时不知怎样才好,还要护住老婆(这时她已经躲到我身后了,同时尖叫着"妈呀!")。好在小狗胆子不大,光是狂叫并不上前扑咬。我只好低声叫她先往回去,我不能等把住在院子里的居民吵醒后再对他们解释我们的动机,我们已经落进了十足的尴尬。

我是在我们走回到自己单位大门时来了灵感的,我想如果有通风口应该房子两面大山墙上都有,也就是说西面山墙也有。是的,我们不必走动只要一抬头就看见了我们这房子西山墙房檐下的通风口,每幢房子都是一样的,可以钻进一个人那么大的通风窗,只不过都上了木百叶窗。

我问她:"就是那个?"

她说:"就是。"

"没有木百叶窗吗?""有,可是那很容易撬开。""撬开了吗?"

她摇摇头。就这么回事。

七

午黄木天花板里的故事不能胡编乱造。我不说你们也知道没有人。不会有人。可是事出蹊跷,就在那一串熊掌印的上面有一堆白骨,骨棒比较细,像是羊肋条。一共十八根。

子文走说是羊肋在走,午黄木脸都白了。他十二分郑重地问我(因为我年龄最大):羊肋骨真的会走吗?我说我说不好,如果他能肯定天花板上的声音是脚步声,看来只能是羊肋在走了。不过也许他神经过敏……

"过敏?绝不可能!我神经绝对健全,睡觉从来不做梦!"

现在我要讲今天发生的事了。我们一行三个吃过早饭去了小蚌壳寺,我们去找一个老喇嘛。小蚌壳寺小得名副其实,只是三个喇嘛居住的一幢小房子,是密宗的一个鲜为人知的寺院。我听宗教界的一位熟人讲过住持喇嘛道行极深,是密宗得道传人,听说他得道后自毙双眼退出尘世。我希望通过他来解开羊肋之谜。

小院狭窄,我们三个大男人一下就充塞满了。屋子更小,没有床铺,只有两个坐禅的蒲团上面坐着两个喇嘛,一个就是他,另一个像要年轻一些,像是他的弟子,还有一个年幼的是役僧，站在一边。

他眼瞳里乌光闪烁，头大如斗，额头与后脑尤其突出。他的长寿白眉有中指长，从眼外侧垂下，非常美妙且悦目。他两手手心向上摊开在膝上。

我注意到没有佛像佛龛，并且没有食炊用具和睡觉的地方。难道他们真的不吃不睡，像那个汉族大和尚海灯一样？我的熟人说他会汉话。

我们三个一起跪下，我低着头叫了声："大师，我们有事来请教。"我事先嘱咐他俩不要随便讲话，他俩跪在我身旁一声不吭。

老喇嘛立起右手掌在胸前，诵了一段经文，之后说："六合之内，阴差阳错。"然后将右手放回到膝上。

我知道已经完了，又一次低头："谢大师指点，我们告辞了。"

出了寺院，午黄木急不可待地问他的话什么意思？我笑笑，我也不知道。不过我还是回答他。

"道生一，一生二，二生三，三生万物。万物生于有，有生于无。"

午黄木似懂非懂地点了点头。子文走可是扑哧一声笑了。

八

到了八角街,也到了这个故事的关节部位了。

那个大个子康巴男人被三四个黄头发洋人和另外许多藏族汉族围着,我们纯粹是凑热闹也围上去。他比洋人还高,我碰巧个子高所以看到他正拿着我明天凌晨看到并得到的银器向洋主顾兜售。他先是用藏语,其间偶尔夹一两句汉语,后来索性说起了洋话(是英语)。他讲那些图案,讲生死轮回,讲十二生肖,讲双肚葫芦形状的地狱与女人的子宫相似的道理。

午黄木问我看到了什么,我说巫师在作法,说不定他可以告诉我们羊肋之谜。子文走听得出用藏话讨价还价,说:"五百?什么狗屁东西。糊弄洋鬼子?"我告诉他是件银器,好像有巴掌那么大,镶三颗大珊瑚,还有些稀奇古怪的图案。

这时卖银器的康巴汉子忽然扭过脸对我笑了一下。他这个举动把围观人群的目光一下引到我这来了。我给众人看得尴尬,转身就往外挤。

可是他又一次对我笑了,并且喊住我:"嗨,你有猫吗?大猫?"

我下意识地点一下头。我家里的大黑猫有三岁多了。

"我住的地方老鼠多多有了,昨晚咬破了我脚趾头。你明天带来,怎么样?"

我又一次痛快地点头。

"哎,是不是黑猫,尾巴上有一撮白毛尖尖的?"

我咳嗽了一声,说:"就是。"说完转身走出人群。

午黄木问:"你认识他?"

我说:"没见过。"

"他怎么知道你有黑猫?"

子文走说:"巫师嘛。"

午黄木问:"真是巫师?真有巫师这种怪物?他不是个做买卖的吗?"

我说:"闲磨牙么,哪有那么多真的。是个做买卖的吧。"

出了八角街,三人尽作鸟兽散。

九

讲一讲我家的大黑猫。

是三年半以前我和我老婆刚到拉萨时的事。我们住的房子原来是间仓库,除了墙角旮旯的七个老鼠洞以外,纸糊的天棚里叽里咕噜地至少有一个排的老鼠每天二十四小时地捉迷藏。

这种日子过了一星期,我们随时提心吊胆地等着失足者从纸天棚的破洞闯下来。隔壁的小扎西大慈大悲为我们搞来一只小黑猫崽子,鼠害莫名其妙地消失了。真不可思议。刚来的猫崽比大老鼠还小,一物降一物的法则。物竞天择,大道理就是管用。

它是功臣,所以尽吃好的。鱼天生是猫的美食,拉萨鱼贱,我还喂得起。都说把猫喂馋了就不抓老鼠了,我老婆说根本不要它抓老鼠吃,老鼠太脏,把老鼠吓跑就行了。她说天下老鼠那么多,一只猫怎么也抓不尽。

我以为此话有道理。

所以我们的黑猫又胖又懒,它毛色极佳,黑油油的时时都在轻颤,华贵得像头豹子。它不是个老实角色,到了农历二八月就四下出动去撩骚,诱奸附近的家母猫野母猫,弄得我们整夜睡不着,听左一声右一声像小孩儿哭似的猫叫秧子。

我简直烦死了,几次提出要把它送出去,扔掉也行。可是女人不让,她说猫发情期不过一年两次,一次一个月而已,毕竟有十个月时间它老实安静地守在家里震慑老鼠。况且扔了它,别人家的猫照样发情闹春,我们到了二八月照样不得安宁。邻居家家有猫,有的还不止一个。

我以为此话有道理。

所以我们的黑猫神态矜持体魄巨大，它简直比得上一只狗那么大。平时它睡在藏垫上，吃饭时它可以爬到饭桌边沿。

去年冬天它失踪了十几天，我以为这下可算摆脱掉它了。我又错了，首先老鼠们重新闹翻了天；其次它竟像先知一样，在我和我老婆祈祷它回来时就回来了。它进门时大模大样，俨然是位受欢迎的贵宾。

十

时间整个乱套了。我不说你们也看得出来，我有把条理搞得一团糟的天分。比如我先说去年十月结婚，又说三年半以前我和我老婆刚到拉萨；再比如我说明天早晨看到那个卖银器的康巴汉子，又说今天从小蚌壳寺回来就已经见过这个人；一言以蔽之：时间全乱了。

在这一切发生之后，我老婆想到一个非常关键的问题："那么他把银饰物送给你，就是为了换那只可怜的黑猫贝贝？"

又错了，这个故事里的某些事尚未发生，怎么可以说"在这一切发生之后"呢？反正已经乱了，罗锅骑虾米——随弯就弯——随乱就乱吧。

"我不知道他怎么想。再说你也清楚，黑贝贝根本不值那么多钱。他当时要价是五百元。"

"那是对外国人,对中国人要三百。再说他可以漫天要价,别人可以就地还钱嘛。"

"你说它不值五百也不值三百?"

"我没说,我们没那么阔气。如果钱不成问题,我花一千也舍得。"

"对了。关键它值那么多钱。"

"关键是他为什么要送给你?我想不通,就是想不通……"她又哭起来了,"要不就是你有事瞒了我……"

我可以对天起誓我什么也没瞒我老婆。事情是极偶然发生的,如果没有这个偶然事件她就不会这么疑神疑鬼了。别人想交朋友送件礼物,这种事本来没有什么不可理解。

问题不在这里。问题在于结果,这种结果是谁都不曾料到的。我,我老婆。还有子文走和午黄木。

也许那个康巴汉子是例外?

十一

我决定在这一章里结束故事。

原因之一是我不能长时间拿我老婆的痛苦当儿戏。还有一个原因,就是午黄木在明天上午——公历一九八六年五月二十五日十点三十三分——借到一支小口径运动步枪,十分钟后他已经骑自行车来到子文走的住处,又过了大约七分钟多一点他们就到了我家。

老午进门就叫:"大马,你不是有一盒小口径枪子弹吗?我借了支枪,说好的今天晚上还回去。我们是不是找台北京吉普到曲水去打猎?"

我说:"就一杆枪三个人谁用?"

子文走说:"快收拾一下走吧,我去找车,找外贸车队的小狗子,他昨天刚从格尔木跑回来。"

我找出子弹,熟练地把三颗子弹压进枪膛。枪不旧,我喜欢子弹上膛的铿锵声响。

我看时间没那么紧,就让子文走先到大门口去挂个电话。我自己想简单收拾一下房间,包括把被子叠起把窗帘挂起。老婆上班了,我是被他们两个人从被窝里哄起来的。我看午黄木坐着没事干,就把已经写出的这篇故事前一部分递给他。

我叠完被挂好窗帘又扫过房间,子文走没回来,午黄木没看完,我于是又摆弄起小口径枪。

这时屋顶上一阵叽里咕噜的响动,我和午黄木同时仰起脸。我看到他脸又白了。

"就是这种声音。跟我房里的一样,也有点不一样。不,不太一样。"

"你看到哪儿了?"

"百叶窗。嫂子说,可是那很容易撬开。你问撬开了吗?"

天花板上的声音又响起来,正在我们的头顶上方。我这时轻轻操起荷枪实弹的小口径,眼睛盯住发出声响的位置。午黄木像我一样看出了一小片纤维板在重压下弯曲抖动,他不说话,只用手指定那块天花板方格。

我举起枪做仰射姿势,枪口几乎捅到了那块纤维板。在经历了几秒钟的寂静之后我扣动了扳机。

先是枪声,接着是那块面积大约四分之一平方米的纤维板翻了个儿,接着是嘴里衔着血淋淋死老鼠的黑贝贝挂到了我向上举起的枪口,接着是午黄木的惊呼,接着是我老婆持续了十几天的哀恸。

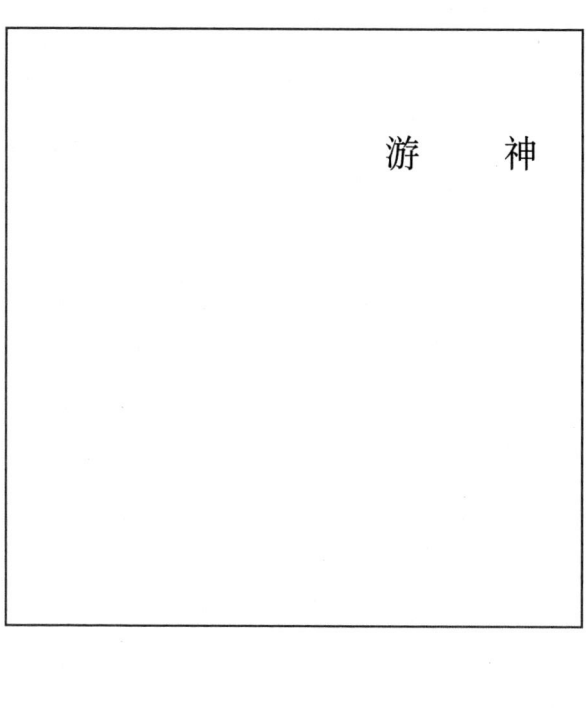

游　神

>他知道当前的任务是做梦。半夜里,一只鸟的悲啼把他惊醒。
>
>——博尔赫斯:《圆形废墟》

契米二世

为了多数读者朋友,我想把这个故事的时间略加调整,把藏历换成公历。这个故事虽然很短,可它涉及的时间跨度很大。他是个在拉萨在八角街经常可以见到的角色,他没有职业也不想找任何一种固定职业,他是这个故事的中心人物,他是我的朋友,他叫契米。我不知道他的准确年龄,估计在二十七岁到七十二岁之间。

我和契米相识是另外一个故事,在这里就不细说了,总之很偶然，他很穷，属那种可以用一无所有来描绘的人。没有老婆没有家自不待说，他甚至没有劳动能力。他是残废人，半边身子偏瘫，嘴歪眼斜又跛脚，同跛脚一侧的左手像鸡爪一样端在胸前。

他会说汉话，这本不足为奇，叫人惊讶的是他说一口流利的英语。他是八角街形形色色的乞食者中的一员，他不诵经好像也不拜佛，他是老八角街，据他讲已经在八角街至少住了一百九十年。他讲他知道他的五代祖宗就是八角街的住户了。

他领我到七角的第二个小巷里，向前走了四十几步来到一扇很高的院门口，他说这个院子是他五代祖宗用二十七枚小藏银币买下的，有一幢石砌的两层楼房，十年前他把它以二十七枚藏银币卖掉了。

"这是祖宗的遗训。这个祖宗也叫契米，按照英国人的习惯，你应该叫我嘻嘻……"契米笑时非常可爱，连五官都似乎摆平了，"叫我契米二世。"

"契米二世。"我决定不扫他的兴。

"我家是贵族，贵族你懂吗？贵族。你不信？我可以给你看一样东西。两样，咱们说不说定了？"

"那么就两样。"我说。

"一言为定。不过咱们不要站在这儿，这个院子里有一条大狗，像毛驴那么大的大狗，是条大黑狗。咱们还是另外找个地方。"

"就另找个地方。"

"你家怎么样？你家？你住得远吗？"

"不远。那么就到我家里去。不过我没有青稞酒。"

"有白酒吗？白酒也行。"

"有白葡萄酒。"

他仿佛在思索，在权衡，一分钟以后他下了决心："好，就上你们家去。"

"你们？"

"呵，你，你家，你家行吧？"

乾隆六十一年

到了我家他才郑重地解开下巴下面的上衣扣，我居然看到了一枚中指那么长的猫眼石。我知道这种宝物的市价，但我从来没见过这么大的猫眼儿。我自己没发现我说话时已经结巴了。"这是真，真的？"

"当然是真的。贵族也不是家家都有这么好的宝贝。你看看成色，绝对是最好的。"

我不懂宝石成色，但我还是喜欢看看，喜欢用手摸一摸它冰凉的表面。

我说:"这个要值多少钱?"

他说:"它是无价之宝。"

我站到院子里,对着阳光细细地查看这件宝贝,我觉得它很有些重量,好像它的价值跟它的重量之间有什么联系似的。

"你到罗布林卡达赖新宫去过没有?你一定得去。新宫正殿的佛像是金的,佛像的座位也是金的,上面镶了许多宝石,就有这么大的猫眼儿,也许还没这个这么大呢。"

我去过,也见过那个嵌满宝石的佛像的黄金基座。那是财富和权力的集中体现,我说不出别的。

"这回你信了吧?"他不无得意地问我。

我给他搞糊涂了。"信什么?"

"我是贵族哇。只有大贵族才有这么贵重的宝石。"

我一下想起来了。"你不是说有两样东西给我看吗?那样是什么?"

他一下变得沮丧不堪。"没什么。"

"没什么?"我灵机一动,"没什么就算了。我也不必信你的鬼话,街上那么多做生意的康巴人都带着猫眼儿,难道你要我相信他们都是贵族?"

我的不屑看来伤了他的自尊了,他脸上的菜色一下变得充了血。"你拿他们跟我比?他们这些穿短袍的?"

我知道贵族的长袍过膝，卑贱的人才穿短袍。我暗自笑了，他中了我的计谋了。

"好吧，就让你看看，认识一下我的宝贝银币。让你开开眼，吓你一大跳，叫你夜里睡不着觉，叫你做噩梦，叫你不得好死。"

他诅咒里透出十二分的无可奈何。不过叫我纳罕的是他说银币，银币有什么稀罕？八角街地摊上到处可见，几块钱一枚，有什么大惊小怪的？

他从怀里深处摸索出一个布包，包裹得又严又紧，他打开布包时动作里表现出一种少见的虔诚。我想他这是有意制造效果，我得承认他成功了，这个布包里的银币已经带上了几分神秘色彩。

二十七枚小银币，一面镌着藏文一面镌着汉文，我认得出汉文——乾隆六十一年。

我问他："这就是卖那幢房子的钱了？"

印 度 莎 丽

对我来说，乾隆六十一年和乾隆一十六年没有本质不同，一枚古藏币，如此而已。一幢有院子的楼房只卖这么二十几枚小银币，看来契米是晕了头了。他喝葡萄酒像喝青稞酒那样满杯一饮而尽，他一连干了三杯，我的多半瓶青岛白葡萄酒只剩瓶子了。

他抹着嘴巴说："好喝。可惜太少了。"

我不好说这酒五块多钱一瓶，我一瓶酒可以喝半个月。这时我想到也许他是在吹牛，也许那楼房根本不是他卖的。他为什么要做这种显而易见的蠢事呢？他并不傻。

这以后，我逛八角街时着意留心契米指给我看的那个院子。我问邻近的一家铺子，这个院子住的是什么人？他们说是从印度回来的商人，说这家很有钱，也是藏族，听说在印度还有房子并且有小汽车。我还打听到这家平时只有一个用人看家，主人经常回到印度去住；说这家用人养一条大狗，大得不得了，非常凶，外人从来不敢迈进这个院门一步。

"那现在呢？"我问。

"那家的小姐最近从印度回来。那可是个美人，穿着印度莎丽，化了妆的，眼毛又黑又长，真是个漂亮女人。"

"你呢？你们在印度也有亲戚吧？我看你铺子里的化妆品服装什么的也都是进口的。"

"我就是拉萨人。就是那家印度回来的商人批发给我这些货物的，还有几家铺子也都从他那里批发。他是个大商人，"主人举起右手小指指着自己，"我是这个，小小的。"

原来如此。

我这时想到试探着问一下契米。

"你认识契米吗?"

"契米?哪个契米?"

我做出半身不遂的残废状,他笑了。

"八角街哪个不认识他?"

"他说那个房子原来是他家的,是他卖给那个商人的,是吗?"

"那我就说不清楚啦。我搬到这里才十几年,以前的事情我不太知道。老契米倒是经常到这个巷子里转悠,我不知道。"

我已经转身走了,这时他又低声唤我。

"哎,哎。"

我回过头看他。他没有看我,扭着脸朝着小巷方向。我随着他的目光看到了她。

她真是漂亮。她一定就是那个商人家的小姐,那个刚从印度来的女人。看来她早就习惯了陌生人的注意,我、店主人和其他一些过往行人都在看她,她却毫不在意,头微昂,眼微抬,步态矜持得体。这种女人天生就是女皇,目空一切,世间万物都是为她而存在的。

这就是店主人说的印度莎丽了,香艳而淡雅的嫩粉色,嵌着银丝勾线的花卉。而且她个子极高，几乎和我一般高。我特别注意到她的皮靴是半高跟的，她比一般男人要高出半个脑袋。她是个极其妖娆的女人，走过时一阵香气袭人。我像许多男人一样，目光追随着她的背影，追随着她鼓溜溜的微微摆动的臀部。

我再一次见到她是一星期以后。当时我正站在八角街第三个拐角上和契米二世说话。是我先看到了她。她远远地从大昭寺门前拐了过来。她个子高高的非常显眼。我忘了跟契米说话了，是他觉得我精神溜号冷落了他，于是用手捅了我的肋骨。

"我不回头也知道你在看什么。女人。那个从印度回来的女人，高个子女人对不对？"

"你怎么知道？"

"男人看她都是一样的眼神。我在八角街是第六代了，我什么事没见过什么事不知道？八角街的事瞒不过我契米二世，就是我瞎了聋了也瞒不过我。是她吗？"

我只好沮丧地说："是她。"等她快走近时我突然想起问他，"你认识她吗？"

他仍然不回头。"她是那个人的女人。"

"女人？"我不懂。她不是这家的小姐吗——女儿？怎么成了女人——老婆？

他接着说下去时完全不动声色,全不顾她已经走得很近了,如果她懂汉话并且留意的话她一定可以听到他下面这些话。

"他把她弄出去的时候,她还是个脏兮兮的小姑娘,那时候她就是高个子,又高又瘦,瘦得像春天的羊。他把她弄到印度喂胖了,胖得叫我都认不出来了。你看看那两个大奶子,多肥!还不到二十年,真快呀!"

她就要走到跟前了,她那对丰硕的乳房要使所有的男人心旌摇荡,她为什么盯着我呢?

契米感慨万端地摇着歪脸:"真快!"

这时她对我说了句什么话,我摇摇头。

契米不无得意地告诉我:"她问你是哪国人?她说英语。她连藏话都忘了。"

结果是契米回头,跟她用英语叽里咕噜地说了好一阵。我想国外藏胞多与中北欧国家有文化往来,也许她会德语。我用很蹩脚的德语插上话问了一句:"您会讲德语吗?"

她马上兴奋地用德语回答我:"当然可以。"

契米不甘寂寞,告诉我说他告诉她我是汉人,中国人。说她说我不像汉人。说她请他为我和她翻译一下。说他问她为什么不说藏话。说她说在国外时间太久了说不好藏话了。说她竟完全认不出他了。说她这个小婊子当年在他手里挣了不少钱，说她十来岁就开始卖淫，是个地地道道的小婊子。

她说对不起了，说看我这样子不像汉人，说以为我是来旅游的。我告诉她我的情况。她又说她想请我到她家里喝茶，我犹豫了一下答应下来。我犹豫是因为我不知道该怎么对契米解释。在一个瞬间我突然想到完全不必对他做任何解释。我奇怪我为什么心虚，说实在话我当时绝对没去想她会进了屋子就脱裤子。我根本没必要心虚，我甚至没动见不得人的念头。

我故意以满不在乎的姿态与契米告了别。

我和这个女人一道走，心里飘飘忽忽的，我知道我们吸引了众多的注视，特别是我。许多男人会露出十二分眼馋的目光。我为我的高身材感到特殊的优越。

在她家里坐的时间不长。这是一次毫无桃色意味的交谈，喝咖啡，吃些精致的小点心。给我留下深刻印象的是那条大狗。我也特别留意到下面的一楼只有一个房间住人，看来是那个哑巴仆人住的。这个哑仆大约五十岁，在院子里种了许多花。拉萨人爱花是出了名的，但是像这个院子里这么烂漫的鲜花是不多见的。这个院子很大，且很干净。这一点使我对这个哑巴男人有了初步的好印象。

临走的时候她邀我再来。

祖宗的遗嘱

我正在睡觉的时候契米找到我家里。这时是上午阳光还柔和的那段时间。

我不能给他泡清茶喝,我用咖啡壶特意为他现熬了一壶奶茶。奶粉煮红茶,非常简单。我自己忙着洗漱,顺手收拾一下房间。我坐下来时他已经唏嘘着喝了半壶。

他又一次从怀里深处掏出个物件。这次是一张发黄的纸片。"遗嘱你懂吗?"

我当然知道遗嘱,不过我不知道藏族也有这种遗产继承程序。"懂。我想我懂。"

"就是这个。我的五代祖宗就留下这个。这房子是他买的,卖不卖怎么卖当然由他说了算。这上面说的是,你懂藏文吗?"

"不懂。我不能什么都懂。"

"那你还有上次那种甜酒吗?"

"没有。我说你就别兜圈子了。你的这个五代祖宗在这张纸上给你留下的是什么话?"

"是藏文。可惜你不懂藏文。真是可惜。你知道藏文是这个世界上最了不起的文字,说是了不起的大吐蕃赞普松赞干布创造的,松赞干布娶了个汉人老婆,还娶了尼泊尔老婆。真可惜你居然连藏文都不懂。"

"不懂。没办法,不懂。"

"你这奶茶还可以。告诉你吧,这上面写的是……"他非常郑重地用藏话读那黄纸片上的文字,我仍然听不出那上面写的什么。

"这下知道了吧?"他问我。

我说:"不,不知道。"

"我忘了你不懂藏话。再烧一壶奶茶,你这壶太小啦。怎么样再烧一壶?"

"说了再烧。"我毫不通融。

"烧了再说。"

"说了再烧。"

"那,好吧。说就说。说这房子不准卖,不管发生了什么事都不准卖,除了,烧吧?"

"烧什么烧!说完了再烧。除了什么?"

"除了有人用二十七枚乾隆六十一年的银币来买。不管他是什么人都得卖给他。"

"三九二十七?"

"是三个三个三。二十七枚,六十一年。"

"我还是不明白。"

"您还是汉族。你不知道乾隆？不知道乾隆皇帝在位多少年？可惜了你这位汉族。让契米二世给你讲讲汉族的历史吧。乾隆是满清的第四个皇帝，前面的三个是顺治、康熙和雍正。乾隆是公历一七三六年登基的，这一年在中国历史上也叫乾隆元年。乾隆是个长寿的皇帝，在位历时六十年整，公历一七九五年他死了。所以中国历史上就没有这个乾隆六十一年——这一年公历是一七九六年，中国历史上也叫嘉庆元年。嘉庆皇帝上台啦。这下懂了？"

我以为我懂了。"你是说这乾隆六十一年的银币是假的？伪造的？"

"你懂个屁了。你是天下头号大笨蛋。"

我承认我笨，可不是头号的。

再到她家里去，我没忘了问一下关于乾隆六十一年银币的事。她说的跟他说的可完全不一样。我不知道该相信谁。这天我没走，就留在她家里。她是个叫人销魂的女人。

据她说她三十岁，她实在不像是三十岁的女人，最起码的皮肤就不像，皮肤光润且有弹性。我以为她是故意把年龄说大，我不知道这有什么必要，也许她为了让我心里平静些，我的确没有犯罪的感觉，一点都没有。我还顺便试了她一下，她真的不会藏话。

另一种说法

我男人是在这幢房子里生的,他明年四十岁了。他说这房子是他家里传下来的,说是建了一百多年了,说是快有二百年了。

他祖上是大贵族,是达赖八世和清朝官员册封的造币监督。造币懂吗?就是铸钱。铸铜钱,后来铸银钱。

旧藏币叫章卡,多是铜的,也有少量是银的,不过没有统一规格,就像你看到的现在拉萨市场上卖的金戒指一样,大小全凭匠人根据来料多少。对了,忘了告诉你,我在印度专门搞古代藏币研究。不,是在大学里,我讲授的专题是达赖八世时代的经济生活;是讲师。

我接着说章卡。清朝大将军福康安在平定了廓尔喀人的侵犯之后,和达赖、班禅的几位使臣共同议定了《钦定章程·二十九条》,其中第三条专门谈到了西藏统一铸币的条款。条款规定,今后铸币一律由政府统一制造并由驻藏大臣派汉官检查;铸币一律用纯粹汉银制,不得掺假;每一个章卡重一钱五分,以纯银的六枚章卡兑换一两汉银(六枚计九钱银,所差一钱为铸造费用);章卡正面铸汉字"乾隆宝藏",边缘铸年号，背面铸藏文。

制定《钦定章程》的这一年是一七九二年（乾隆五十七年）冬季。铸造新银币是从第二年春天开始的，所以现在传世的藏银币只有乾隆五十八年以后的。我男人的祖上就是这一阶段的造币监督，他是达赖的亲信侍从。

当然干这个贪钱很容易，我不知道他们是不是贪了钱。我知道他家很有钱，非常有钱。说是这房子就是那时候建的。

你问的那种乾隆六十一年银币我知道。你大概不知道，一个政府每年需要铸印多少货币是有计划有限额的，这是金融学家的工作，这个限额一经确定，造币工场就提前准备钢模，提前铸压小批货币准备投放金融市场。乾隆皇帝驾崩的消息传到西藏时耽搁了一段时间，直到一七九六年春天。这样就有小部分六十一年的钱币流通到市民中间了，后来达赖政权也设法回收了一部分销毁掉，剩下不多的银币就成了以后历代货币收藏家争相抢手的珍品。

你问这个干什么？你也收藏古藏币吗？你如果有兴趣，我下次回来可以把我收藏的那一枚带给你看。不过说心里话我不太情愿，据说这个品种只有四十几枚传世，它贵重极了。这以后，造这种银币就没出过这类差错。

还有，这种银币是模压的，很薄，用的又是汉纹银，极软的那种。你还想知道什么?

(我把她的话的意思译成汉语,组成了这一小段文字。大意如此,不十分精确。读者原谅吧。)

讲故事的故事

我至此决定写一篇小说。

不过有些问题我还需要进一步弄清楚。我有现成的咨询对象。我的一个朋友是这方面的行家。大牛。不是名讳,是绰号。吹大牛的意思。吹牛撒谎只是他做人的一个次要方面,另外一个次要方面,他是目前国内也是世界最大的古藏币收藏家,这一点绝不含糊。我已经另文专门为他作传;他做人的主要方面其中已经重墨提及,这里就从略了。

我早就该想到他,虽然他对这个乾隆六十一年银币也提不出更多的新解释,但他毕竟知道这种小币的意义和价值,他特地为我翻了国外及台湾香港出版的货币手册,他让我看它在日本、美国和港台的售价每枚都在一千美元以上。货真价实白纸黑字,我这一次信了他。关于这种银币我和大牛和另外的朋友之间还有故事,也记录在大牛传记《风流倜傥》里面,有兴趣的读者可以翻翻一九八六年第四期的《春风》文学丛刊,记住我叫马原,我的大作。

大牛不认识契米二世。他们本来有许多机会可以认识,他们都跟我熟。是我不希望他们认识。没什么道理。正当防卫。

大牛提供的数字更精确,四十三枚。我由此联想到老契米的收藏——二十七枚。是个叫人吃惊的数字。老契米看来真非等闲之辈。即使他说的是诓话,那幢房子不是他的不是他以二十七枚藏银币的标价卖掉的,光这些银币也是个佐证——证明他即使不是贵族也肯定不是等闲人物。

大牛还说:

"我知道,所有这些银币的原始钢模都还保存在布达拉宫的一个偏殿里,我一个朋友是宗教界的,他带我去看过那些钢模。都是登记注册的,国家重点文物。看着真叫人眼馋。不过其中没有这种乾隆六十一年的,我当时心里动了一下。我装得不在意地问那个朋友,所有的钢模都在这儿吗?他非常肯定地说都在。他参与了清点布达拉宫藏品的全部工作,历时七年多,布达拉宫所有藏品都在他心里。

"我于是想到也许它还在,流散到了八角街,我为它转街转了不下几百趟,我钻到小铺子里问,到各种杂品地摊上打听,没有结果。你知道要是找到这个钢模我就发了。"

我就此更不想让他知道契米了。我像所有男人一样对女人是不设防的,这个故事我一无保留地讲给了她。她说"他也喜欢你呢",他就是那个哑仆。

那以后我经常去到她的小院子里,聊天喝茶,三个多月里我的德语口语能力有了长足进步。我不知道她用什么办法,她一直没怀上孩子。真是奇迹。而且我已经和哑仆交上朋友,还有他养的那条巨大的黑毛犬。

她告诉我她就要回印度去了,她走时说她还要回来,为了我。我告诉她,我要为她写一篇小说,她妩媚的笑脸浮现出一丝迟疑,她尽管还是高兴地说希望看到这篇小说,我的心里仍然打了个死结。

这以后我时而到那个小院子里去和哑巴坐上一阵,喝茶,哑巴的奶茶有种奇异的香味,据估计是调放了椰蓉,很有点海南岛椰奶的味道。哑巴很少能坐下来,他总是为那些花卉忙碌。他经常在忙中抽闲过来呷一口凉茶。

大黑狗倒常常成了我的伴侣,它不声不响地走过来卧在我腿边,用只有相熟的人才有的安闲目光看着我。我可以一连坐上几个小时。

假如不是最后发生的那桩事变,这个故事大概只能这样平平淡淡地结束了。

口 头 合 同

与这个事变有联系的第一件事使我非常吃惊。我不知道大牛怎么和老契米搭上了钩,我马上想到的是这桩阴谋已背着我进行了很久。我得说我冤枉了大牛。大牛尽管坑蒙拐骗偷什么缺德事都干,对我总还留着一份良知。应该说他凡事不瞒我。这已经超出了这个故事的范围了。

问题是他们一见如故,俨然老朋友。他们是偶然在我家里相遇的,在此之前他们都没说过认识对方。他们认识而且相熟这一点,他们看来都无意掩盖。

有趣的是他们当着我的面谈起了伟大的乾隆六十一年银币。所谓贼胆包天也许说的就是他们。我特别注意到老契米对自己收藏的二十七枚宝贝声色不露,完全局外人一样。看得出蒙在鼓里的是大牛。他们似乎在交换货币市场的信息。

大牛说:"乾隆六十一年就拜托你了,钱好商量,请一定帮忙。"

契米二世说:"放心,契米二世要做的事你就放心好了。"末了又问,"你还要什么?"

"不,不要。"回答非常肯定。

契米不是那种知难而退的角色,他进一步追问:"无论什么都不要吗?"

这次大牛犹豫了。"那要看是什么。"

"你要什么?你想要什么?"

"钢模。乾隆六十一年银币的钢模。"

"有这种东西吗?我在八角街住了一百多年,怎么从来没听说过有这种东西呢?"

"我肯定有。你就找吧,找到了我给你一百枚银币。"

"你为什么给我银币?我找到了跟你有什么关系?契米二世不受不义之财。"

"我们换,我用一百枚银币换钢模。"

"钢模什么样?我没见过钢模。"

"钢的,铁的,这么大,"他比画着,"里面是空的,里面的图案跟乾隆六十一年银币一样。你过去没见过?"

"试试看吧。咱们就说定了,一百枚。"

"一百枚,一枚不少。"

大牛为了表示不会食言,特别请我做中间人,我慨然允诺。口头合同击掌成交。

这以后我大概有好长一段时间没见到他们俩,大概他们都忘了这回事,念念不忘的反而是我。我为什么介入到这桩事变里来呢?莫非真有鬼使神差?这就是所谓安排了。天意。

我并非无意地注意到哑仆房间旁边的一扇小门。哑仆住楼下，楼上只有一间住人，也有两间成了狗屋。只有这扇小门闭锁得严严的，密不透风。门低矮到只能直腰走过侏儒，且有一把生满绿锈的大铜锁，是外国货，这门锁了很久了，时间留下了痕迹。

我不想让哑仆知道我对小门的关注，我做出漫不经心的样子继续喝茶。当我又一次漫不经心地转到小门前面，我极意外地发现门扇与门框接合处是贴了封条的，是一种奇怪的加了印章的圆形丝帛织品，已经半霉烂了，可是仍然完整。它和黑黝黝的小门已经浑然一色，不细看完全看不出来。

那条大黑狗是在我伸出手去摸丝制封条时低吠的，声音喑哑可怖充满威胁，我及时把手垂落到身体一侧，动作极其自然。哑巴在较远处侍花，专心致志没有回过一次头。

满月的阴谋

"契米二世是个绝对诚实的人，这一点你可以到八角街去问，如果有一个人说他撒谎，佛爷叫他不得好死。"

"谁让你起誓发愿啦？我想问问，你家祖先的那幢房子你熟悉吗？"

"当然熟悉。"

"每间屋子都熟?"

"每间屋子都熟。"

"那么楼下有小门的那间呢?"

"那间锁着,是祖宗锁的,达赖八世还加了封的,什么人都不许动的。你问这干吗?"

原来果真是这样。

"你问这干吗?"

"不过随便问问,没什么。"

"不对吧。让我想想。让我想想。"他说着拍着自己脑壳做思索状,"我知道了。你不说我也知道了。没有什么事能瞒过契米二世。"

我对他亲切地笑了笑。

于是我们很快就达到了默契。三天后是中秋满月,我应该在天黑前带着毛驴般高大的黑狗出去,到拉萨河边去,穿越吊桥,去到强盗出没的咕吗林卡,届时也将在那里晤见大牛。

就这么定了。

八月十五云遮月,年年如是。

因为阴天,天黑得比以往要早。我带出大黑狗之前与哑仆一道坐了半小时,喝茶。大黑狗平时极少出院子,外面的世界对于它是过分陌生了。它是满怀敌视穿过八角街的。我拽紧它，不让它在人还很多的八角街闹出事来。

它被圈得太久，见了人群自然不习惯，它的巨大体魄和骇人的低吠使行人远远就躲开。我知道我做了蠢事，这条恶犬使我引起了转晚经人们的关注。

我知道我到得太早啦，契米大约还需要许多时间才能来，大牛也不会来得太早。我和黑狗沿着凉爽的河堤一直向西，我们走得很慢。

白天人来人往的牛皮筏子渡口休息了，只留下摆渡人搭岸的石阶，很有点想象的空白。所谓诗意吧。

狗在卵石滩上撒欢，奔跑中突然刹车，重新起动狂奔。月已经升起，在云里半遮半露绝不爽快。积云太厚，天空只留出少量空隙。

大牛先来了。五短身材一望便知。

他说："什么时候来的？"

我说："你怎么到这儿来了？"

"不是你说的天黑到这儿吗？"

"我有十几天没见到你啦。"

"契米说你让我来的，也许他弄错啦？"

"肯定弄错啦。"

"那我就回去啦。这个老契米，搞的什么名堂？"

"来了就不要走啦。今天中秋，晚一点在河边赏月吧。"

没有月亮。自从大牛来了,黑狗就没再向我身边靠近。我也懒得理它,我发现我这段时间完全心不在焉。我知道我只在期待一件事,我在期待老契米的出现。除此而外我不会对任何事感兴趣。

大牛也知趣,不吭一声。我们垂着肩膀走上吊桥,黑狗不知怎么没有跟过来。

在这个晚上,在余下的全部时间里,我记得月亮只露过一次圆脸。我在这里做证,月亮没有参与这次阴谋。这个月夜是清白的。

结局或开始

借我的朋友北岛的诗题。一望便知。

我前面说过,认识契米二世是另一个曲曲折折的故事,我是在虚构杜撰和创造中认识他的,结局也是开始。

那个晚上余下来的时间很难直线叙述,我想还是老老实实讲一下发生了什么,好吗?

唯一那次月亮露脸照耀着喜滋滋的契米,他走在吊桥上一步三颠,可以想见心情。他和我和大牛一道走向月亮岛南端,再向南就是湍急的拉萨河宽阔的河面。月亮重新隐入云里,从此不再出来。

"拿来！一百枚银币。"

"你是说钢模？搞到了？"

"一百枚。中人在场谅你没法赖掉。"

契米二世把钢模递到我手里。我看过又转给大牛。"就是它！是它！没错！"

"一百枚银币。"

"你放心，少不了你的。"

大牛仔仔细细察看，一边自言自语。

"没错。可惜锈了，锈得还不算太厉害。就是它。"大牛突然抬起头，"那一块呢？"

"什么一块？"契米不懂。

"上模，印藏文的上模？"

"你没说过呀。我怎么知道还有上模？"

"糟了。光有下模没用。"

"干什么用？"契米还是不懂。

"什么用也没有。你这个笨蛋！"

老契米沮丧不堪："那么全完了。完了。"

大牛说："你再想办法，再想一次。"

"没办法，没任何可想的。全完了。"

无论大牛再怎么说，老契米也不吭声了。

我看到大牛还把钢模攥在手里，我知道事情远没有结束。不，也不远了。我已经听到它的低吠，它正以极高的速度向我们蹿来，向故事的结尾蹿来。

马上察觉到这一突变的是老契米。老契米以在他那个年龄绝不可能有的敏捷一把抢下大牛手里的钢模，以后是一次甩臂，以后是一次水响。老契米向东一直跑下去，跑进黑暗。

大黑狗向着水响方向的河水望了一阵，然后回转身慢吞吞地走上归路。我和大牛像卫兵一样跟在后面。大牛低声说他记住了钢模落水的方位，说他一定设法打捞上来。

我说拉萨河太凉太急，没办法的，除非专业潜水运动员。他说那就雇一个潜水运动员，花多少钱都没问题。

我知道他根本没钱雇人。

为了多数读者，我愿意做一点结尾以外的补充。那个小院子我没再去过，我知道她回来了也没再去，我再没看到过那个已近垂暮之年的老哑仆和他豢养的大黑狗。

我可以经常见到老契米在八角街转经，他衣衫褴褛心神专注。他好像不认得我了，好像从来不认识我。只有大牛仍然常到我住处来，混一顿饭，再炫耀一下新搞到的银币品种。我俩对那个中秋夜的故事只字不提。

中间地带

孙效唐

姚 亮

"火把虽然下垂,
　　火舌却一直向上燃烧。"

　　　　　　　　——萨迦格言

一

　　老次巴珠住在沟口最下端。再下去不远就是那道陡坎,坐在陡坎上可以下眺拉萨河的暗绿色水流。陡坎完全由大块的花岗岩结构而成——岩面由于沟水常年冲击,光滑平展,覆满黄绿色苔藓。往年沟水充盈,陡坎走水一段形成天然飞瀑,山水从三十多米高的坎顶跳着砸下拉萨河谷,阳光也不甘寂寞,在水帘的雾状屏幕凑出七色彩虹。老次巴珠坐在坎上不是为了赏心悦目,拉萨河水毫不激动地在下面流。后来刘二宝也拖着长柄锄踱到次巴珠身后。

"次巴珠,队长来啦。在马清水家里。"

次巴珠从喉咙里咕噜了一声算是答应。刘二宝不在乎次巴珠没有回头,管自在他身后站上一分钟光景。次巴珠听得出刘二宝的脚步向上去了,却又掏出纸烟点燃,悠悠然吸起来。

平措队长居然提着两个双铃闹钟,次巴珠知道这里面准有名堂。看得出闹钟是新买的,秒针铮铮的声音听来很舒服。

"波普水库水位下降二米多,快干啦!"

波普水库是这沟水的上游的一个蓄水池,全队二十一户都稀稀落落处在它的下游。波普水库总共只有将近四米深,占地不到四百平方米。水位下降二米多,快见底啦。

"队里买了几个钟,决定按时间分段供水。你们三户在最下游,上下不方便,看钟等水吧,晚上九点半到零点十分是你们的。你们三户商量一下,看这段时间你们之间怎么分配。这个钟留下,你们自己掌握吧。"

这里一段地势呈几个较大的台阶状,土质应该说相当不错。次巴珠和刘二宝、马清水这三户处于最下面这个台阶,由于在谷底,土质简直可以说是肥沃了。他们各自种着二十几亩青稞、小麦,也各自喂养了一些牲畜。马清水是回族,这样他们三户无疑属于三个民族。马清水住在沟口上端,刘二宝居中。

马清水十几年前死了老伴,女儿五年前嫁到拉萨,身边只剩下一个痴呆侄子。马清水平时少言少语,几乎不与仅有的二户邻居往来。这时,其他两户人家都聚到马清水家里。

刘二宝:"次巴珠,你看怎么好呢?"

明久:"这还不简单?一家五十三分钟。"

明久是次巴珠的小儿子。

刘二宝:"那先给谁家放水呢?"

次巴珠:"从上面来吧。马清水、你,我们家最后灌。"

马清水:"我后灌。"

刘二宝:"行啊,怎么都一样。"

马清水:"不一样。"

二

晚上九点半,明久提着闹钟等水,结果憋了一肚子气。让马清水说对了,是不一样。

离他们最近的住户在上面二里多远的另一个台阶上。这条沟谷起伏不大,蜿蜒向上十几里也不过渐次升高三百米左右。沟的最宽处有三百多米,到了狭窄的地方除了水沟只有大块顽石拥挤着连上山顶的巉岩。上面十几里远的小水库已经接近干涸了,放出来的不过是条连山石都敲不响的涓流。就算上面九点三十分正点放水,明久在汽灯的白光下看到水流有气无力地渗过来时,已经是九点四十二分了。

说水是渗过来的一点不言过其实,明久急得眼都蓝了。七月正是需要雨水的季节,这里却从播下种就没有下过一场足以打湿地皮的雨。往年波普水库水源充足。可是今年!

将近夜里十点,水才逐渐形成流势,缓缓爬进次巴珠家青稞田里。明久在诅咒了。青稞苗又黄又枯。明久咒骂老天,咒骂马清水是个滑头,咒骂自己错过了去年当兵的机会。刘二宝提着马灯从上面过来了,灯光一闪一晃照出他时大时小的影子,也照出脚下闪着鳞纹的涓流。明久仍然咒骂着。

"这个鬼东西,他就知道不一样。来啦,二宝叔?怎么就该我们家先灌?!这个鬼家伙就是一点也不吃亏。怪不得他说不一样,要后灌。"

刘二宝给弄糊涂了,经明久说了才明白。刘二宝不想介入,只提着灯凑到闹钟跟前。

"几点啦,明久?你阿爸没来吗?"

十点二十三分整,刘二宝一大锹泥巴封住了向下流着的沟水,沟水弯向刘家田里。刘二宝把自己田的沟渠修得十分妥帖,仅有尺把宽的简易渠道又直又光,原本很细很缓的沟水进了他的水渠变得流畅了,也似乎急切了。

明久的咒骂声突然高了起来。一定在田里感到水不再流，他越发动气了。刘二宝申辩着说已经到时间了，这使明久感到歉然。

"我没骂你，二宝叔。连半亩地都没浇完时间就到了，这水还没有屙尿来得痛快呢。"

"是啊是啊，给水时间太短了。"

"嘿，二宝叔，你运气好，水比刚才快多了。到夜里大概还能好一些。西①——马清水。"

"其实都差不多，谁都觉得水往自己地里流得慢，我说都差不多。"

"差不多？！马清水为什么不先灌？！"

"他后灌你阿爸也是同意了的。"

"光等水等了二十几分钟，不说水慢……"

刘二宝发现这个稀泥他和不来，弄不好反而费力不讨好，就不再吭声。反正谁先谁后对他来说都一样，他犯不着讨好一个得罪另一个。他要有效利用这五十三分钟多浇一点。明久回去的路上，碰到二宝老婆拉着九岁的女儿到青稞田里来。刘二宝全家都出动了。

"明久哥，你回去呀？"小姑娘问明久。

---

① 骂人话，藏语。

明久答应着，沮丧地往回走，缺月在头上罩着一圈光环，明天又是一个刮风天。

三

连续七十天没下过透雨了，整个专区面临几十年未遇的大旱。专区向自治区求援。老次巴珠他们队分到一台扬水泵，一架配套柴油机和二百公升柴油。全队只有次巴珠、刘二宝和马清水三户靠近拉萨河，平措队长用牛车把水泵、柴油机、燃油运到沟口。

"这台水泵功率小，扬程不够，而且还缺三十米胶管不能配套。别的人家都用不上。你们隔河近，如果自己想办法弄到胶管，看是不是可以派点用场？买胶管队里可以报销，不过听说胶管现在缺货，不好买。"

"那燃油呢？"刘二宝问平措。

"燃油和机器都是区里拨给队里的，燃油费先记在账面上，机器借给个人不收费。"

马清水不声不响，缘着石壁的陡峭的阶梯下到河谷，细细打量了地形地势，目测了石壁的高度，又上来观察了可能安放水泵柴油机的位置，最后郑重告诉老次巴珠和刘二宝，说自己愿意把使用水泵的便利让给他们。明久在县里初中毕业，明久也在考虑水泵是否可用。

"这个老滑头，他看自己用不上，就说这套好听的话给我们讨便宜。"

刘二宝在心里盘算的是燃料费问题，如果国家无偿援助，用水泵是可以考虑的。刘二宝家里有一些旧水泵用管。问题是如果把燃油认到自己名下，因为扬程或其他问题不能收到经济效益，到秋后又得付油料费，可就得不偿失了。二百公升，这可是笔不小的费用呵。况且马清水这样的精明人经过仔细盘算都不用，自己要用不是明摆着吃亏吗？刘二宝考虑问题从来想到要留后路。他不把话说死。

"次巴珠啦，我看还是你先用，我不急。"

老次巴珠几天来常到陡坎去，想的就是这个。拉萨河在下面心平气和地流，上面毕竟还有波普水库和一些小山泉，他们这里地处中间地带，上下不接，能打主意的只有拉萨河了。因为天旱，河水水位也降了许多。崖下的河滩距河水最近处也有百来米远。需要挖一条沟把河水引过来。这还不是最要紧的。扬程三十米的水泵最多也不过可以扬高三十四五米，可是明久量过，崖上可以安机抽水的位置距崖下地面高三十七米，加上地面还要挖蓄水坑，水泵要扬高四十米才行。这是不小的工程。

在平措队长运来水泵的当天夜里，沟口的三户人家发生了一点不愉快。

马清水应该夜里十一点十六分接班灌水，他的房子走到刘二宝和次巴珠家分界的沟边需要七分钟。马清水十一点零六分准时从家里动身出来，这样他可以用七分钟走到放钟的刘、次两家的分界，拿起钟用三分钟走到自家与刘家的沟界上，他可以完全不耽搁时间马上灌水。但是他的时间错了，他到公用钟跟前时，离十一点十六分不是差三分而是差十三分。铮铮作响的闹钟明亮的夜光盘上，清楚指示着十一点零三分。马清水知道是自己眼花了，在家里急着出来，看差了十分钟。这也没有什么。他就便和刘二宝聊了一会。

"二宝，秋后上不回趟老家吗？"

"今年这个年成，不喝西北风就算运气。收成不好，哪有盘缠呐？"

"你不是攒了几年了？"

"攒下一点今年还不得贴回去？"

"甘南老家还有什么人呢？"

"近亲没什么人了。可还是想回去看看。出来二十多年了，人不亲土亲呐。今年又回不去了，看明年秋后吧。"

这样的家常话马清水难得和人谈，今天是他看错表了。总不能见面一句话不说呵。刘二宝家的青稞比两家邻居长势好些，这许是由于他是个甘南农民的儿子，骨血里继承了祖辈对土地的亲情吧。马清水灌水时，刘二宝一直在地里忙活，月光下两人可以看到对方的身廓。

"我说二宝，你怎么能干这种缺德事？"马清水突然吼起来。

"你骂谁？你怎么骂人呢？"

"你看看表！我就觉着不对嘛，水都停了一会儿了，现在刚刚十二点。准是你这个失里白果①把钟拨了！"

"谁是失里白果！你骂谁你？！说谁拨钟？！"

"我是按时从家里出来的，到这硬是等了十几分钟！看不出你刘二宝干出这种缺德事！"

二宝老婆也站出来帮腔对骂，马清水因此更动了肝火，眼见就要动起手来了。这是土地承包以后三户人家第一次红脸吵架。

老次巴珠正在商量用水泵的事，上面传过来的大声叱骂惊动了他们。老伴莫扎桑是老大嫂，她先深一脚浅一脚地跑去劝架了。马清水已经操起锹来。二宝老婆更是不依不饶，说对方不用锹劈就是藏巴格勒②。次巴珠老两口站到中间，总算避免

---

① 骂人话，藏语。
② 骂人话，藏语。

了直接冲突。

马清水："今天这事不算完！钟在这儿，上好弦，明天咱们照看广播对时间。"

刘二宝："没做亏心事，不怕鬼叫门。把钟放在老次巴珠家里，你拿着钟我信不着。"

马清水："放在哪都行，到时候我看你还有什么话说！说不清楚咱们没完！"

莫扎桑："都少说几句吧，少说几句吧。"

藏族老两口劝回了争执的双方，这时已经过了半夜。天还没亮，刘二宝家给敲门声弄醒了。是老次巴珠的声音。二宝两口子穿好衣服开了门，小姑娘在被子里只露出半张脸和一双眸子。外面是次巴珠、明久和马清水。

次巴珠："二宝啦，我让明久来给你们赔礼啦，是这个浑小子拨了表，我让他来赔礼啦。"

这时二宝两口子看清了明久带伤的脸。明久眼眶黑紫肿胀，眼白充血。次巴珠顺手拉上房门，怕小姑娘看了害怕。

马清水："二宝，我错怪你了。"

二宝老婆刚要张嘴，被二宝拦下了。

刘二宝："明久早跟我说过，这事怪我——我是长辈，我早该跟老马商量。"

刘二宝讲了第一天定时灌水时明久说的那些话，这并没有能平息老次巴珠的怒气。老人怒其不争，自觉脸上无光。当明久的哥哥格桑在对越自卫反击战中牺牲的消息传回时，莫扎桑在哭，次巴珠却笑了，他为自己的大儿子自豪。明久简直就不是格桑的兄弟，不是他次巴珠的儿子。明久当时一声没吭，以后的那几天他变得十分沉郁。谁知道他当时是怎么想的呢。

次巴珠清楚记得，明久是脸上带伤走的。

四

两天以后，老次巴珠和莫扎桑热情地请来了刘二宝夫妇和马清水。莫扎桑打了香喷喷的酥油茶，端上新鲜的奶渣。细心的刘二宝问莫扎桑："明久到哪里去了？"莫扎桑说明久到县里去了，去买胶管。

次巴珠："把大家请来，是想商量点事情。去年年景好，收成都不错。今年不行啦。我有想法，跟你们说说。咱们三户各自包了二十多亩，地片挨在一起，有困难的时候互相帮一帮是少不了的。我们三户今年都缺水，队长拨来这台水泵，要是三户人家一起想办法，是可以解决问题的。我的意思是三家成立个承包互助组，三家出钱出力，想办法把水引上来。不然，眼见着青稞就要不行了。"

刘二宝："还像过去那样记工分吗？"

次巴珠："我说不用，就三户人家，总共才八口人，谁家有活先干谁家的，还不就像一家人一样。眼下主要是想法把水引上来。"

二宝老婆："你们家劳力最强了。"

莫扎桑："咱们两个女人放牲畜，男人们去弄水浇青稞。你看呢，马清水？"

马清水："怎么弄，坡上的地也上不来水。"

次巴珠："你真是糊涂。只要把水引上来，咱们五个男人背水也把这几十亩青稞浇了。坡上的地离水远，当然要先浇才行。"

马清水："我算过，水泵扬程不够。"

次巴珠："从上面炸掉几米就够啦。"

次巴珠详细讲了他和明久商量的结果，如何在上面打眼放炮，如何利用炸掉的石头在下面修一个永久性蓄水池，如何在上面砌一个小蓄水池，几个男人利用这个小蓄水池舀水背水浇地等等。

马清水："青稞快要扬花了。"

刘二宝："天旱气温高，也许要提前扬花。"

次巴珠："大家抓紧干，我看时间来得及。"

当晚，明久赶回来，胶管没买到。刘二宝家里因此引起一场小小的争执。

二宝老婆:"我说,把咱家的旧管拿去吧。"

刘二宝:"油料费可以三家平摊,可管子不好算钱,要是买的队里报销,咱们是白借。"

二宝老婆:"你这个小气鬼。次巴珠家里比咱们多一个男劳力,人家也跟你计较啦?"

刘二宝:"他们家自己也引不来水呵。"

二宝老婆:"属咱家劳力弱,咱们多拿点东西出来是应该应分的。再说,管子只是借,又用不坏。别总觉得别人用用你的东西就是占了你的便宜。你好好想想……"

马清水平时几乎不与邻里往来,这次让他把牛羊交给邻居的两个女人,他颇不放心。他的哑巴侄子很能吃苦,平时为了找一片好一点的草场,哑巴常随着牲畜翻山越岭。马清水家的牲畜是三户人家中膘情最好的。

五

老次巴珠去年就给明久定了亲,说好了今年秋后迎娶,姑娘是拉萨河对岸村子里的,是摆渡牛皮筏子的老布穷的小女儿白玛。白玛偶尔爬上崖坡,来帮莫扎桑干一点家务。白玛十七岁了，长得大手大脚。她从小就跟老布穷一道划桨，生就粗犷随便的性格。

白玛看明久给打得很重，心里窝了一肚子火，她恨不得去找老次巴珠大吵一通。明久不愿说话也扫了她的兴。

"这几天你来帮阿妈放羊吧，三家的牛羊由阿妈和二宝的老婆两个放，够她们忙的。男人们要炸石头安装水泵，要干十天呢。"

白玛看出明久没心和她亲热，她又不愿违拗明久，只好委屈地点点头。

老布穷年轻时当过藏兵，也曾是个远近闻名的好猎手。那些年他扛着枪在山里转，常到次巴珠家里喝几杯热茶。次巴珠中年生过背疽病，都是布穷给的麝香和熊胆治愈的。现在次巴珠家里的熊皮褥子就是布穷送的。布穷早张罗让白玛嫁过来，次巴珠一拖再拖，他希望家里更富裕一些再娶白玛，他不希望老朋友的女儿嫁过来受苦受累。次巴珠没有女儿，他像疼爱亲女儿一样疼爱白玛。

白玛回去跟阿爸说过，就到崖坡上每天和莫扎桑一道放牧，吃住都在莫扎桑家里。开始两天哑巴跟三个妇女一道赶羊赶牛上山，哑巴指给妇女们看哪些山坡草好。第三天哑巴也加入男人的行列里去了。

毕竟莫扎桑和二宝老婆上了年纪，翻山路又赶牲畜，弄得她们跑前跑后地忙。白玛带着自家的牧羊犬帮她们，使她们大大轻松了。

白天男人打石头女人放牧，前半夜还要按时放水浇地，沟口的三户人家在这段时间里都疲劳得快垮下来了。

七月的夜是凉爽的安静的，当人们都沉睡的时候，两个年轻人仍然在星空下絮语。

"脸还疼吗？"

"不疼啦。"

"还肿着呢……眼眶都是黑的。"

"不疼啦。真不疼啦。"

"他用什么打的？"

"装酒的塑料桶。"

"老头子真狠心。"

"这几天你也够累的。"

"抱紧我。你手起泡了。"

"打锤就要起泡的。"

"我就嫁过来了。"

"你阿妈舍得你吗？"

"你真傻。我有点冷了……"

"我们回去吧，明天你还要上山呐。"

"你抱紧我！"

有时他们就这么说着说着倚在一起睡了，直到大胆的雀儿叫喳喳地跳到他们身上把他们弄醒。白玛看他们全家忙得没有时间做酒，便抽闲跑回家提来一大塑料桶青稞酒。她知道男人们干活累了都很需要青稞酒，她看到了老次巴珠见到酒桶的那副笑眯眯的馋相；她更喜欢明久喷着酒气搂着她的醉态。

就在这段时间里，白玛为明久怀上孩子。

六

秋粮上场以后，次巴珠承包组三户人家向国家交售了两万余斤青稞，县里为了表彰他们在大旱之年取得好收成，奖给他们二吨化肥和一面锦旗。到县里参加表彰的，是次巴珠老人委托的代表马清水。老马接过锦旗时想到了次巴珠和明久，他禁不住掉泪了。

刘二宝一家穿上新崭崭的衣服，到次巴珠家里告别。莫扎桑照例捧上滚热的酥油茶。

"一路平安啦！喝茶吧，请喝茶。"

"莫扎桑啦，牲畜和房子就拜托你啦。"

"放心吧放心。"

送他们走的时候，老次巴珠捧上一条洁白的哈达，又一次真诚祝福刘家三口一路平安。

"回来过藏历年吧。三月三日,过了春节还有整整一个月。等你们回来过藏历年。"

"一定回来。在老家过了春节就回来。"

"你们已经变成藏族了嘛,抓糌粑,喝酥油茶、青稞酒,说藏话。你们这次回老家去,怕还要觉得不习惯呢。"

莫扎桑的话使两家人都笑了。

老布穷摆渡送刘二宝一家过了拉萨河。

刘家来道别的时候,白玛坐在里间没有出来说话。白玛的腰已经开始显形了。她盯住脚尖前面的土地,一动不动地发呆,她唯恐刘家夫妇提到明久。刘家夫妇没有提到明久,这使白玛略感轻松。二宝老婆说要走啦,白玛还在想着自己是否出去送一段。这时,刘二宝的女儿终于说了白玛一直怕听到的话:

"要是明久哥也在就好了。"

七

那是引水开工的第七天。

前几天,五个男人在划定的位置上打了几排炮眼;接着,明久和哑巴腰间拴了绳子，吊到崖下；明久扶钎，哑巴抡锤，硬是在半空中把崖侧花岗岩又打出一排炮眼。由明久挨个往炮眼里装好炸药雷管。他们计划，这第一炮最少要掀掉三米厚的顽石。他们用的是电雷管，这给同时爆破造成了便利。明久把上下三十七个炮眼的雷管引线接到一起，吆喝大家躲开，然后在干电池上接通电源——

远在山梁上的白玛知道这一天点炮，嘴里吆喝羊子，心里和眼里却都在陡坎上。她看到几个人影已往山坡上去了，只留下戴白色长檐遮阳帽的明久一个人留在陡坎附近。后来明久也向后躲到自家房子后面。接着，白玛看到昔日飞瀑溅起的崖头冒起一股白烟，大小石块轻盈地飞起又落下。在这同时她听到了持续三四秒钟的雷声，那声音沉着而有节奏，像那些飞起又落下的石块一样。

山坡上的人影向下去了，明久却没从藏身的地方走出来，白玛隐隐感到不安。

这天晚上，白玛认真地告诉明久：

"今天放炮的时候，我真怕了。"

"怕什么？我又不是第一次放炮。"

"我也说不上怕什么。你在房后，有好一阵没出来。他们到跟前了你才出来的。"

"我不会出事的，你别胡想。"

"我求菩萨保佑你，公觉钦①。"

"你也信佛了，我怎么不知道。"

白玛笑了，笑得那么得意。

"讨个吉利嘛。老辈人都这样。"

第一炮效果跟预计的差不多。由于爆炸位置在崖头，大部分碎石飞到崖下去了。爆破造成了工作面凹凸不平；为了整平工作面，第二炮是一溜只装了很少一点药的浅炮。

点第三炮的这一天，白玛在另一条山梁上闭着眼祈祷。也许从这时候起，白玛真的开始信佛了。如果白玛要求得亲人在心理上的依靠，这时她只要下眺河谷，就可以看到来往于河岸两侧的牛皮筏子；她因此可以想见到喝得脸红红的阿爸摇动桨片时怎样和过客说笑。可是这时候她想不到阿爸，想不到要去看看河谷和牛皮筏子。她甚至想不到明久，想不到应该像第一炮时那样不眨眼地盯住崖头。她背向河谷，背向阿爸，背向明久，背向即将飞起石块和烟尘的崖头，她一心不二地向冥冥中诉说自己的心愿。羊群在她周围簇拥，咩咩咩。下面有莫扎桑，旁侧有二宝老婆，头上有飞鹰，但她不管她（它）们。似曾相识的雷声又响起了，白玛甚至没有回头。

这次雷声显得短促，是她们离得远了？

---

① 藏语，请菩萨理解、体谅。

八

明久是天亮前被布穷老人背上去的。天葬师早已在石台旁燃起火堆。一路上,老布穷气喘得很厉害,马清水几次要换换,都给布穷拒绝了。白玛一路哭着,提着酒桶跟在后面。莫扎桑也都去了,只有次巴珠老人站在山下。次巴珠眼里留着眼屎,瞳仁混浊昏黄。他一个人看着山顶天葬台那块向前伸出的巨石,看着在火堆旁移动的人影。下面的拉萨河是黝黑的静默的,河谷显得幽深而凉爽。远处一段河水不知从哪里伸来的光源,迷迷离离地飘来似隐似现的反光。

星星还在闪烁,四周天际没有丝毫要亮的迹象。白玛和莫扎桑的哀声已经响起来了,好像是从辽远的空间传过来的。次巴珠老人奇怪自己能够清楚分辨出莫扎桑的低声呜咽;她的最后一个儿子也走了,她为他哭了。

哭吧哭吧——她太应该哭一下了。难道他自己就不该哭出来吗?他想他也是该哭的,于是从那两个混浊的瞳仁上滚下两行混浊的泪。

就在群山呼应着布穷唤鹰的低啸时,次巴珠想起了明久脸上的伤;想起了明久看着给自己拨过的闹钟时那副懊丧相;想起了那个砸在明久前额的塑料桶倒在地上,香喷喷的青稞酒带着气声淌了满地。他自己低声嘟囔着,仰起头,向上看着天葬台。

"儿子……儿子……儿子……"

九

第三炮带来的虚惊使白玛心神不宁。毕竟崖上的工程都搞完了,白玛从心底感谢菩萨。下面主要是开沟了,她再也用不着担心了。这一个星期,明久瘦多了,白玛心疼他,跑回家拿了十几个鸡蛋给明久煮了塞进口袋。

五个男人一字排开,分段挖沟。明久挖蓄水坑。根据测量,沟深二米五以上水才能流过来,蓄水池最少得挖三米五以上。沙土卵石的河滩不算难挖,明久锹镐并用,很快挖到三米深。原来计划用炸崖的石块砌在蓄水池的周围和池底,这样可以使水泵龙头不致因泥沙而堵塞。现在这些石块就堆在蓄水池附近。明久考虑如果用石块铺砌池底,就要增加挖池坑的深度。明久和邻人们都想着早一天把水引上去,干活干得贪了晚。蓄水池坑差不多够深度了。这时白玛从上面下到河滩,喊男人们去吃饭。白玛先到了蓄水池坑边。

疏松的沙质坑壁给白玛踩滑坡了，白玛叫了一声扑倒，总算没有随沙石滑下去。坑边的石块滑下去许多。明久没来得及叫一声就给沙石窒息了。第一个跑过来的是马清水，随后是次巴珠和刘二宝；哑巴在河边，又聋，根本没发现这边出了事。明久没有抢救过来。

除了白玛，没有人在明久挨打以后听他说过话，阿妈莫扎桑也没有。次巴珠老人在想，明久是否还在记恨他，这时东方天边已经发白——布穷的低啸使空谷充满悲戚，几段河水在闪烁鳞纹和光斑了。

第一缕曙光终于照过来。天葬台伸出的巨石上笔直升起一股蓝烟，曙色使直上天穹的烟缕透明。次巴珠看到，鹰隼从四面八方聚向这透明闪亮的烟柱。

一九八四年二月　达孜

死亡的诗意

男人和女人都知道自己有罪。他们知道自己造成的苦痛,他们的过错,他们的谎言,他们的背叛。

——格·格林

所以我觉得,我编撰这些故事的时候,并不像许多人想的那样,远离着缪斯女神居住的帕纳塞斯山。

——薄伽丘《十日谈》

一

去年圣诞日在拉萨发生的命案是这个故事的结尾。有着惊人美丽的林杏花在一场小规模火灾中被烧死了。拉萨地方不大，林杏花活着的时候又过分招摇，因而她的死直到藏历年以前那两个月里都是最受咀嚼的话题，差不多全拉萨的汉族没有一个人不知道这件事。

这以后是藏历年，是刚刚恢复三年的传召盛会，是以大骚乱闻名于世的三月五日冲淡了林杏花的殒殁。过了三月五日，全拉萨能记得林杏花的人已经屈指可数，其中肯定包括曾经处于那场命案中心的小伙子李克。

所有熟悉李克的人几乎全数认定他在这场事变中负有无法推卸的责任，不是指他锁了那间小木屋的门，那部分责任是极其明确的，估计连他本人也不会起任何逃避的念头。人们认定他要负的是另外一些很难界定范围的责任，比如死者林杏花过分地鲜艳了，以至于有人说她的美绝不在《冈底斯的诱惑》中记述的美丽姑娘央金之下。再比如李克的妻子正在上海李克父母的家里休产假，她刚刚为李克分娩出一个相貌神态与李克一般无二的女儿，李克女儿的生日是失火的前一天十二月二十四日，女儿落地的准确时间是晚上二十点十七分，几乎在十小时以后几分钟里李克就收到了报喜的加急电报。这时是圣诞节早上六点半不到，时差关系拉萨城还在拂晓前的大黑暗包裹之中。李克先是被送报人的摩托引擎惊醒，接着听到了急促的敲门声。

据送报人说，李克当时光着上身披了一件酱红色的羽绒大衣,三角裤下面是两条长满黑毛的细光腿,李克当时睡眼惺忪,还是马上明白出了件好事情。他接过电报看了又看,直到送报员不耐烦了转身走开他才如梦初醒,他马上在玻璃酒柜上抓起一包良友香烟追出门,那时摩托车已经点火,送报人熟练接过飞来的金装良友烟的同时车轮就动了。他说李克大叫:"谢谢!祝你好运气!"

他说他当时心情很好,他说他做一个送报员经常为人报喜报忧,报喜的时候他心情好得无法说,他这么说的时候我马上体会到他的特别的心情。他不说我也知道他不喜欢报忧。

至少有些人认定李克在生女儿的当口把林杏花弄到自己住处是作孽。他们要李克负的是道义上的责任。

估计也是这其中的一部分人展开了无边想象,于是社会上一时间传说四起,说死者林杏花怀了三个半月身孕是最流行的一种。接着而来的便是对失火原因的演绎性猜测。既然林杏花怀孕了,那么她必须要对李克提出要求,要求李克什么呢?可能要钱,要东西,可能要的数目非常之大。最要命的可能是要李克离婚,有什么可能是绝对不可能的呢?李克在拉萨是数得着的美男子,是出了名的风流小子,也是条讲义气为朋友两肋插刀的汉子;李克门路广交游多人又聪明,经常做些本钱少利润大的生意,一句话他很有点搞钱的本事,这样的男人正是漂亮女孩所仰慕的啊。

可是熟悉李克的人都知道李克的妻子是个少见的贤惠女人，她待李克之好可以说在拉萨汉族年轻人中绝无仅有，朋友们都说她是八十年代仅存的古典式老婆，温存体贴而且能干，全部心思都在丈夫一个人身上，脾气又好，朋友们都知道李克把妻子肖君当成了自己的骄傲。所以李克是绝对不肯和妻子离婚的。如果林杏花以怀孕要挟李克离婚，可能出现什么样的后果呢？多么强有力的假设啊。

一场小规模的火灾带来了市民阶层无穷无尽的想象，当然要点在于火焰吞噬了一条人命，而且是个绝顶美艳的女孩子。传言使李克变成了一个谋杀嫌疑犯，我知道传言的依据有相当充分的基础。

二

我之所以从结尾开始讲述这个故事，部分是因为这个故事早已经发生过，它与那些边讲述边发生的故事有大不同，它自身能够提供的可能性都已经完成了或接近完成，或者可以说这个故事的弹性已经被它的过去时态销蚀得一干二净了。

我要写它的时候，我无法不正视这个事实的严酷，我于是只有下气力认真考察余下的部分，看看还剩下了什么，值不值得我花上半个月时间去重复它。在进行了深入的考察之后，我不得不沮丧地说我收获不大，但是我已经决定写它，我对写好它充满绝望，我干脆以这种省力的方式开始。我尽可能准确地还原已经发生过的一切，我寄希望于明敏的读者朋友，请他们一道在以后讲述的事件过程当中发现一点这个故事表象以外的东西，于是果就先因而呈现了。

另外一部分原因说起来有点荒唐，本来这个《拉萨的小男人》系列想法已经接近完成，这个李克一直在这个系列想法之外，如果不是这个突然事件的发生，恐怕整个小说世界就是另外一种样子了。是李克的这个突发的遭遇使他走进了小说世界，这是他的命数。而我，作为这部小说的著作者，作为他的熟人朋友，我当然希望他以惹人注目的方式进入这个世界，我因此为他选择了谋杀嫌疑犯的身份。哈，这下读者和他的熟人朋友都没法不关注他了。

三

林杏花生前喜欢诗，她经常谈起北岛舒婷梁小斌这些名字。她有时下女孩子们少有的良好习惯，她记日记，也写些类似散文的纪实性文字，这些文字给我们留下了极宝贵的了解她的第一手资料，虽然可以想见她文学修养不是很高，而且她的文字与她的内心肯定有相当的距离，我还是很看重这些死者的文字。

林杏花到拉萨的准确日期是去年九月十九日，她是作为荷兰汽车工会退休者旅游团的导游率团来拉萨的。这个团的全部成员都是老年人，是个豪华团体，三分之二是男性，一个年轻漂亮的中国女孩做导游无疑是很受欢迎的。她的日记里记述了在成都和在拉萨的那段美好时光。她接受许多精美的小礼物，其中她最珍爱的那只镀金手镯留在她后来被烧得焦缩的手腕上。那个旅游团到成都是九月十二日，一周后到了拉萨，离开拉萨本来该在九月二十六日，但由于飞机压班，推迟到二十七日。

她没有随团离开。她原来在成都一家国际旅行社任职，也是合同性质，按照合同规定她要到去年年底（十二月三十一日，也就是她忌日以后六天）才结束这个合同期的工作。她这次带团到拉萨的任务截止到这个团离开拉萨。这个团从拉萨登飞机绕开成都直飞北京。按正常情况她该同时买去成都的机票回成都继续她在那家国际旅行社的工作。

她这个团住在拉萨一家庞大的外资宾馆，她在八天时间里突如其来地爱上了拉萨，她在跟宾馆经理部经理（华人）熟识了以后马上提出要留在这家宾馆工作的请求。她英语口语能力相当强，加上几年导游实践和美丽的姿容，她轻而易举地被录用了。她毁了在成都的合同要付一笔赔偿金，大约一千元人民币，可是这里的新合同使她每个月可以拿到七百元外汇券，这个合同为期六个月，宾馆提供她的住处以及有高额补贴的膳食。她不但美丽而且丰满，她举止得体谈吐适度，这样的人才在拉萨是很难招聘到的。她和她的雇主各得其所。

她没有再做导游，她被聘为前厅经理，总服务台包括门卫和两个清扫员是她的全部管辖范围，相当于一个领班或工长。

她在日记里告诉我们她满意这个新角色。

她很快给家里写了信，报告自己的情况，这是她发回成都的第一封家信，她在信里没有一点商量的口吻，可以据此推断她在家里的地位是很特别的，她自己的事自己完全可以做主决定，不必对父母亲请示更不需要批准。

她上班任职与荷兰汽车工会退休者旅游团飞离拉萨是同一天。她在来拉萨之前对拉萨的任何情况一无所知，她不认识一个拉萨人，可是在她带团导游的八天里她办妥了在拉萨工作的一切必要手续，可以想得出这个女孩能量之大吧。早上她随空调客车到机场送走了荷兰老人，吃过中饭不久，她就在美国总经理伴送下到前厅与未来六个月的下属们见面了。

有一点小出入。合同上规定六个月，她实际在位三个月差两天。也是命数。

四

用李克自己的话说，纯粹是缘分把林杏花拉到他的生活当中来。

李克是个技工，他的工作单位是个性质很特别的保密工厂。我认识他六整年了，居然完全不知道他的具体工作。我常到他住处去。他工作的单位与生活区域完全隔离开，在拉萨这是个特例。我没进过厂区，厂区从外面看面积不算太大，高墙上没有电网，院子四周围都被高大的乔木荫蔽了，是落叶乔木，叶子浅绿中带一点灰白，有点像杨树。我知道整个厂区只有一个大门，门卫是穿绿衣服的武装警察，工作证是绿颜色的，进出厂门都必须出示，李克说厂里职工都叫它绿卡。

李克回上海休假三个月，他走时妻子怀孕近四个月，他十月九日回拉萨时老婆离生产预产期只有二个半月了。妻子当时很希望他不走，在上海等她生孩子以后再回拉萨。他算了一下时间，如果那样他将超假四个月（他把侍候月子的时间也考虑进去了），他还是决定先回去，说等生孩子的时候再回上海。西藏国营单位规定妇女产假一年，在生产期间丈夫可以享受一个月有工资报销路费的事假。李克的决定叫肖君说不出别的，而且肖君确实爱李克，肖君知道李克也爱她。

李克本来还有两个月的存休可以利用，他没告诉肖君是因为另外一些他不打算让肖君知道的原因。是生意上的事，一般生意方面的交往他都尽量避开肖君，出于什么心理连他自己也说不清楚。他只是把赚来的钱给肖君很大一部分，让她去花掉，随便买什么她喜欢的东西——金银首饰和各种时装，化妆品，各种各样女人喜欢的小摆设小玩物。在这一点上，作为女人和妻子，肖君百分之百地感到满足。

上海的一个朋友说可以搞到上海-桑塔纳牌轿车，李克在休假前知道拉萨有几个单位都在设法买车，当时这个牌子的轿车正看俏，很不容易买到。李克想马上回拉萨联系买车的事，事成了一辆车他至少可以拿一个大数。如果运气好，也许可以成交两辆三辆也说不定。

买车的事也是他和林杏花最初的缘分。不然他可能拖延到元月份以后回拉萨，这样圣诞节的那场劫难林杏花也就躲过去了。

如果说缘分还可以举出一些例子，抵达拉萨的当天晚上他拿到了一张群艺馆舞厅的入场券。群艺馆舞厅去年是拉萨最豪华的一家，有乐队奏电声，更有歌星伴唱，每逢节假日票价高达十元一张（黑市价格）。他尽管多少有点高山反应还是去了舞场，也没太多的道理，总之那天林杏花碰巧也去了，虽然彼此还没有机会认识，毕竟算是见过面有了初步印象。

李克当时很注意了林杏花一阵，林杏花除了身材过于丰满，穿着也过于各色了，在已经很凉快的十月的拉萨穿一件纯白色的连衣裙，无论如何是太耍了点儿，没法叫男人们错开眼珠的。又何况是花花公子李克。

李克特别注意到从开得很低的领口中挤出来的两坨嫩肉之间的沟槽，他同来的伙伴小旺堆说那道肉沟足有一寸半深浅。

李克说："把这个娘们儿弄到床上肯定别有一番滋味。怎么样？"

小旺堆说话办事都干脆，从不拖泥带水，他在这个曲子间歇开始就已经凑到惹人注目的林杏花旁边，新曲子又起的同时他已经摊开右手，极有礼貌地邀请白衣少女了。

李克站在旁边，开心地看着小旺堆紧搂着林杏花快速旋转。裙裾开始随着身体的转动向上飘浮，像一把半开的白绸伞。于是看到了像裙子一样白的膝盖，看到了膝盖上面短短一截多肉的大腿。李克后来说他第一次就记住了那段结实的大腿，他说他没想别的，因为他觉得有些疲惫他早早就退场了。

第二天小旺堆告诉他，说："那个穿白裙的女孩说什么也不跟我跳第二回了。"

李克笑着打趣他："嫌你太黑。要不就是你把她搂得太紧了。""她说她转迷糊了,她说我转得太快。我转得快吗?"

李克以为这件事就算过去了,他从来不把哪个女人长时间放在心上。小旺堆这时又说:"她他妈的不跟我跳就不说了,最气人的是她问跟我一起来的那个小伙是谁,他妈的就是你嘛,我跟她跳了好几圈她没问问我姓什么叫什么,怎么问起你来了?"

李克说:"这就叫魅力。好好学学吧。"

小旺堆说:"这女孩看上你啦,她肯定嫌我长得黑,我好悲哀呀,我好吃醋哇!"

他的怪模怪样逗得李克大笑,李克说:"别吃醋,吃什么也别吃醋,哥们儿把她让给你了,今晚回去做个好梦吧。"

小旺堆说:"我可真是看中她那两个大奶子啦,又白又鼓。我就喜欢奶子大的女孩。"

可惜林杏花喜欢的不是他。那天晚上林杏花跟那个介绍她受聘的经理部经理一道来的,她也看出小旺堆在打她的主意,她跟小旺堆周旋了一阵,终于问到了李克的名字。她相信她总会找到这个名叫李克的小伙,她在日记里告诉我们她不知道为什么对这个没跳舞中途退场的小伙感兴趣,她说她记住了他。

那时拉萨正是落叶时节,曾经枝繁叶茂的绿色拉萨正给秋叶染得一派金黄。到了晚上,满街的野狗在路上谈恋爱妨碍交通。养猫的家庭更是苦不堪言,屋外院外总有情种野猫彻夜呼唤,那声音跟婴孩啼哭全没两样,瘆死人。阴历八月万物成熟,正是世界的发情时节。

根据日记所载,我们知道那位宾馆经理部经理正在向林杏花发起攻势。他的老婆是个香港客,常年住香港难得来一次大陆,他一个人先是在广州,后来到成都又到拉萨,他月薪四百美元,他是资方经理人员所以拿外币,他不用给家里寄一文钱,因为他老婆家里是阔佬,而且他老婆有两个老情人供养。他一个人在大陆好寂寞哟。他说他三十九岁,不过林杏花猜他要更大些,估计在四十五岁的样子。

他常陪林杏花出来,只要他碰巧和她在同一个时间里休息。有趣的是这一类碰巧实在太频繁了。林杏花的前厅属那位经理部经理的职权范围,因此碰巧碰得多了一点也是意料之中的事。日记里一直没出现他的姓氏,很怪。

五

先是李克自己说认识了十天之后他才和林杏花上了床,我对此投完全不信任票。以李克日常自我吹嘘的猎艳手段,如果他想,把一个女孩弄到床上绝对用不着等第二次见面。这次是肉感性感到极点的林杏花，他反而老实了？

他的解释也有几分道理。

首先他结婚以后很少出去找女孩，他不是要对妻子忠实，他真是从心底里对她好，他知道找肖君这样的妻子是他的幸运。他不想跟自己的好运气失之交臂。说他爱肖君不如说他更爱自己来得准确。他结婚了便开始滋生出一种柔软的自我约束意识。

接着他说他对林杏花第一印象不怎么样。他和小旺堆以极其下流的口吻谈论过她，这也是他后来对跟她上床缺乏热忱的原因之一。他鼓动小旺堆向林杏花进攻，这以后又说过把她让给他，虽然只是口头玩笑，林杏花从来不曾被小旺堆沾染，但李克却打心里不能忍受与朋友共同享用一个女人，哪怕只是在想法上享用他也受不了。

据他说是林杏花主动，他的话可以信也可以不信。他说到拉萨的第三天机会来了。他先是给上海的朋友发了电报说有买主要见车主，上海方面的电报是第三天中午到的，说他隔日飞抵拉萨，让李克马上为他到拉萨最好的饭店订一间房，要包下来。李克就到了林杏花任职的宾馆，这家宾馆是拉萨唯一的四星级饭店。接待员与他交涉，这时林杏花从内间走出来，林杏花一下认出了他（李克的一面之词），接着他感到了有目光在注视他，他抬起头也认出了她，这一天是十月十一日。

她先是得体地点一下头。可以把这看作是熟人朋友在不便说话的场合打招呼,当然也可以做惯常理解——公共关系人员的职业训练使然。总之这个动作颇具效果,让李克感到说不出的舒服。他说他下意识地点头作答,虽然他根本没搞清对方点头的准确含义。

林杏花站到接待员旁边,接待员礼节性地回头告诉她:"林经理,他要包一间房,预订明天的。"

林杏花说:"南边七楼吧。"她这时把目光迎向一直在看她的李克。"从窗子里可以看到罗布林卡的全景……"

李克说她似乎在用目光征询他的意见。他能有什么意见?"那太好啦!"

办好了预订手续,他说:"再见!"

林杏花说的却是:"明天见。"

他认为她的告别语中有另外的意味,我听不出来。据他说林杏花也矢口否认。林杏花说她以为包房子的是他本人,她说他用的就是李克这名字,她根本不知道他是代别人包房间。我倾向同意林杏花的说法。

这是他所说的十天的第一天。他自己说第二天他本来可以不到宾馆来,他后来陪朋友来到宾馆完全是因为林杏花头一天说的明天见。他们从机场搭宾馆的接机空调车直接到宾馆,这次他和林杏花已经俨然是老熟人了,像老熟人一样招呼。

林:"来啦,李先生?"李:"林经理,给你添麻烦啦。"

上海来的朋友说一个人住太寂寞,他要李克在这里陪他。他在上海滩算个人物,常在江湖上走动的李克知道最恰当的恭敬莫过于从命,他也就顺水推舟在宾馆里住下来。每天洗热水澡,吃三十六元钱的日餐,这八天他没上班,终日在宾馆客房享福。

上海客在前三天里集中会见了三方买主,其中有一个是家正做大买卖的旧贵族,结果居然谈成了两宗。两辆上海-桑塔纳轿车一个半月之后(十一月二十九日)运抵拉萨。

上海客提前订好了十月十九日直飞上海的机票。买卖谈成只用了三天时间,余下四天他决定跑一趟后藏重镇日喀则。他对李克说他要摸摸日喀则的商品行情,看有没有买卖好做。他随身带的行李箱就留在拉萨,他让李克不要退房不要离开宾馆。他没说箱子里的东西如何贵重,但是李克明白。这只行李箱是特制的,里面还有一层钢胆,既防火又防撬,而且有包括密码锁在内的三套保安锁。在上海客去日喀则的三天里李克老老实实待在宾馆当守卫,每天看电视,洗热水澡,再就是——

跟新结识的前厅经理林杏花聊天。

几乎从他们住进宾馆那一天开始,林杏花每天都要找一点借口到他们的客房来一两次,当然她做得非常巧妙,不会使谁觉得她唐突。她搭话主要是跟李克,因为他们是老熟人了不是吗?她同样不会使上海客人感到受了冷落。

她每天当班时间是固定的,因而她可以在固定的休息时间来闲聊。后来上海客走了,把李克一个人留下,她在这间客房里逗留的时间就更多了。他们在不知不觉中已经成了朋友。

她告诉李克许多关于林杏花的故事,作为相应的回报李克也讲了自己的故事。这一切都是在谁也不明白正在发生什么的背景下发生和发展的,李克相当诚实地讲了自己幸福的家庭生活,这一点给了林杏花相当深刻的印象。因为恰好同时有一个比较,那位经理部经理的讲述事实上描摹出另一幅家庭生活图景。

她的上司的故事使她产生戒备,她几乎一眼就看到了他紧束在那套英国西装里面的花花肠子,她甚至猜出他下一步要对她说什么,提什么要求,想出他将如何哀求她怜悯他的那副丑样子。而李克使她产生了莫名的信任。

她值班的时候穿统一服装,下了班马上换健美体形裤,那裤子白得耀眼,质地极佳,甚至使着迷于欣赏她下身线条的李克不能集中精神。她上身总是穿一件不断变换色彩的毛织外套,有时是猩红色的,有时又是纯黑纯白的,她另外有一件蓝色一件黄色的,都是细绒线精梳的那种,跟时下最流行的粗羊毛蝙蝠袖的宽松衫绝不相似,她的所有外装都是紧身式的。

李克认为林杏花属于那种最懂得装扮的女孩，她对自己的身段有着少见的自信，她尤其喜欢白色。李克说她至少有三件白颜色毛织外套，式样小有不同，另外她的裤子清一色是白的，李克说不会少于五条。

在光线充足的七楼客房里，雪白的紧身裤使她下身曲线毕露，任何微小的起伏都被阳光和白色质地相应地突出了，尤其她坐在沙发椅上，坐在李克对面，腿又叉得很开，那种时候李克连她浮凸的乳头乳峰连同平滑圆润的下腹部都看得真真切切，不免心猿意马，胡思乱想是万万免不去的。

有点意思的一个事实是她的住室也在南幢七楼，也是一间客房，所不同的是北屋。她和一些资方经理人员都住在闲置的客房里，这一点与那些当地招聘的服务员、导游不同。这家宾馆床位空余量一直很大，恰好安置这些临时性质的外地经理人员。从经营角度考虑，客人多都喜欢向阳的房间，所以经理人员住的客房都在北面。林杏花的房间在走廊的尽头，陈设简单素雅，整个是白色调的，如同她的衣着。

上海客住进来的时候交了一笔押金，他走前告诉李克在餐厅记账吃饭就是，他从日喀则回来后一并结算。这几天他们一直在吃三十六元一天的定餐，李克就以此为标准继续，两天以后记账伙食中断。

从此开始在林杏花的房间里自己动手了，先是买了鱼来烧，后来又增加了青菜。也是林杏花说职工食堂伙食太单调了，该自己动手变换一下口味。李克说自己最初只是响应而已。"你想，我吃三十六元的标准，每天换花样，我何必自讨苦吃自己买自己做？我吃多了撑出毛病了？"

他想表明是林杏花追他，这一点我从一开始就看得非常之清楚。

一起开伙吃了两天，上海客临走前的那一顿也是李克在林杏花房里做的，电炉瓦数小不能烹炒炸，李克总是做出味道极佳的汤菜叫吃者赞叹。上海客自然看出了这两个少男少女的心情，临上飞机前他嘱咐来送他的李克说："这个小娘们儿阴气太重，你怕吃不消她；我学过一点相面术，觉得她晦气满脸，你当心才是。我是过来人啦，吃的盐比你多几钵子，好吧再见，再回上海来找我就是了。"

关于他俩生意上的勾当李克不想多讲，我想他讲了也大可不必在这里津津乐道，总之他们之间处理得还算融洽，没听说有什么纠葛。

一来二去李克也熟悉了林杏花的房间，房里又只有她一个人，本来可以生出许多浪漫细节，偏偏李克自持太过竟把时间虚度了。后来发生的偏偏又去到李克住处，那是上海客离开拉萨的第二天夜里，欲望的河水泛滥了。

六

林杏花在凋谢的那一天中午突然讲起我在中篇小说《低声呻吟》里写到的女孩牛牛。

实在拉萨太小，几乎所有汉族都互相知道名字，那么辗转一下便可以经过谁介绍使你刚知道名字的那个人成为熟人，物以类聚的法则又常常使人们在一次交道中就交好为友。

以李克的话说："牛牛是死了，不死肯定要跟林杏花成朋友。那天林杏花简直像吃错了药，从中午开始就不停地谈论牛牛。谈到后来我烦透了，索性不理她，让她一个人发神经，那天一整个晚上我觉得别扭透了，是不是那就是所说的预感？"

活人如果哪一天突然大谈某个死人，旁观的人肯定觉得有什么不对头的地方，当然如果是我，我也不会联想到这是一种追随的迹象。事后这么想一下，也足以让心脏突突跳着抖上一阵。这太恐怖了。

还有叫人同样恐怖的白颜色。为什么不是别的而偏偏喜欢白色呢？我私下忖度，这也许跟她雪白的肤色有关系，她太白了，皮肤细嫩光洁，没有一点点色素积沉，同样没有一点点血色,这是否就是上海客说的阴气太重?

在那以前他们已经有五天没见面,主要原因是李克到日喀则去了,李克恰好是十二月二十四这一天回到拉萨的,回到单位天色已晚,他又累得不行,就没打电话告诉她回来了。李克比平时睡得要早些,也没睡在那间被林杏花装饰过的爱情小屋里。这里已经潜藏了随便谁都嗅得出来的宿命气息。到了早上,天没亮他就被送报员的摩托惊醒,之后被送报员握起的空拳从床上提起来,那是无论什么时候想起来都难能忘怀的敲门声,带着十二分的理直气壮仅仅由于他带来了喜讯。

至少那个早上他不曾想起就在这房间前面三步远处还有一间藏匿私情的小木屋里面全是用白色装饰的,而跟那木屋有关的那个人跟刚收到的消息中提到的这个刚来到世界上的小生命不但全没有关联,而且对新来的小生命是个狠命的亵渎。他暂时忘了那间过去做厨房用的简易木房子,忘了跟那木房子有关的人。

他刚刚添了人,他肯定不会想到大自然还有另外一个对立的法则。所以这个中午碰到她以前他绝对不相信如此仁慈的上帝会如此残酷地开他的玩笑。他忘了他该给她打电话。而那个早晨是上帝的儿子的生日,于是机遇把她很恰当地投到他面前。他先被告知当晚他值夜,二十二点到凌晨六点。他先跑到工业有色金属实验室去问了有关他手里掌握的这批矿石的熔炼工艺问题，而后蹬着自行车经过人民医院大门往回去。

几乎就在他来到医院大门口的一刹那，穿着白色羽绒上装的林杏花正从大门的巨柱后走出来，精神委顿，垂着头完全不睬这个世界。也是她的白衣服太显眼了，李克马上发现并想起这个美丽的女孩。

他喊她的时候，她竟愣了好一阵，站在原地呆呆看着喊她的那个人，她没有露出丝毫惊喜，眼泪悄悄涌出又悄悄坠下去，李克马上就知道她受伤了。他已经下了车，已经来到她身边，他声音极其温柔："上车吧。"

他等她坐好，让她扶住他的腰，这才蹬动链轮，八分钟以后他们到李克住处。林杏花什么也没问，是李克主动解释了这六天里他干了些什么，为什么没在家没见到她。他巧妙地撒了个小谎，说是当天早上赶夜车从仁布县回来的，到这里已经是十点多了。

他一眼瞥见林杏花的目光正注视着电报，马上话锋一转："刚进大门收发室就喊住我，说大喜，让我请客，原来是家里来电报，说昨天晚上我女儿出生了。"

她这时第一次开口了："你喜欢女孩？"

李克犹豫了一下，还是肯定地点点头。

她就又说："可是我喜欢男孩儿。女孩儿长大以后活得太不容易了。"

李克来到她身后,用双手揽住她的下颔:"想我了吗?"她不说话,却把两臂向后高扬起,等着他的头向前低探过来。这样她便也揽住了他的脖子。"我真为你高兴。我知道你一直盼着要个女儿,可是我不能给你生孩子。"

他的有胡子的下巴在她头顶摩挲:"我知道,我都知道,可是我没怪你,这也是咱们的命数,你怪我吗?"

她说:"我怪我命不好。"她的手这时在揉搓他的脸颊。"还有我也不想生孩子,我想自己快活一辈子,我不要别人分去我的快活,哪怕是我自己生的儿子也不行。我是个自私的女孩,你说我是吗?"

他不说是不说不是,他说:"想我了吗?"

她故意说:"不想。"

他就又把两手往下移,同时抓住她两只乳房,把它们往中间挤压。她也把手臂垂下来,向后兜住他的两条大腿。"你为什么不说你是不是也想我了?你想我了吗?"

他把头探得更低,他看着她的眼睛并把嘴唇压到她额上,慢慢朝下滑动,在吻了鼻尖之后找到了她的嘴唇。

一阵没命的吸吮,接着开始了身体的痉挛般抖动。他知道是时候了,他说:"上床吧。"可是她挺直身子站起来:"还是到木房子里去吧。"

七

送走上海客的那一天下午,李克因为没有客房可回只能回自己住处。他正这么想着,走在旁边的林杏花竟也问他同样的问题。"你回家吗?"

李克说:"回家。你呢?"

林杏花说:"我下午休班,没事。"

据李克说,她正等着他邀请她,于是他便邀她了。"到我家坐一会儿吧。"

这一天是去年十月十九日,这是林杏花第一次到李克的住处去,当然她绝对想不到两个月零一周后的夜里,这地方会变成她的葬身之地。下面简略画出房屋鸟瞰示意图:

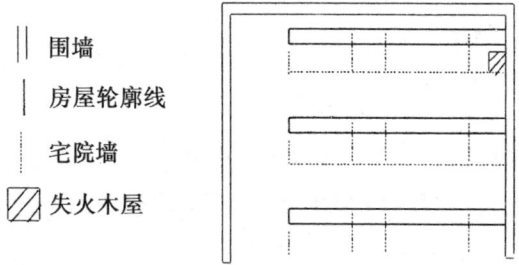

失火木屋是李克的厨房,是用方木做框,之后用胶合板封

闭起来的，就在林杏花初次到这里来的时候木屋也仍然是厨房，是这以后林杏花改造了它，使它焕然一新之后化为灰烬。

李克只有一间屋，大约二十平方米面积，里面塞得很满。双人床占去三点五平方米，电视柜占一平方米，双人沙发占二平方米，一个两部分的小组合柜占去二平方米，一个圆桌占一点五平方米。其余大约十平方米空地上至少有两把折叠椅，因而显得空间很狭窄。大概也是这个原因吧，李克结婚之初就在院子里盖了厨房。李克的院子面积几乎跟居室面积一样大，所以他可以很阔气地在院子里建起约六平方米的宽敞木屋。

他们从民航售票处出来时顺便在布达拉宫下面的市场上买了三条活鱼。第一次做鱼受到林杏花的夸奖，李克又买鱼有显而易见的讨好意味。到家以后李克在厨房里收拾鱼，林杏花先是参观居室，之后也搬了个小凳坐到李克对面。

她说："你结婚时间不长。"

李克说："你怎么知道？"

她说："墙上的红双喜字和天花板挂的彩纸条都还是新的呢。"

李克说："西藏不成文的规矩，结婚了喜字要贴一年。你看是新的，其实我刚用吸尘器把房子整个吸了一遍。"

她说："几月？'五一'？"

李克说："什么'五一'？"

她说:"结婚呐。"

李克说:"没那么早,十一月七号,十月革命节那天。"

她吃惊了:"你是说去年?"

李克笑了:"你以为是今年?"他用手抠出鱼鳃片,"我老婆再有两月该生了,'五一'结婚有这么快吗?"

她也笑了。"我就不信你没先斩后奏。"

李克没懂:"什么意思?"

她笑得更开心了,他也忽然明白过来。

当鱼汤的香气弥漫开来,林杏花很突然地问李克:"有酒吗?这么香的鱼汤,没酒太遗憾了。"

李克说只有白酒,是好白酒剑南春:"我出去买瓶葡萄酒吗?"她却说:"剑南春太棒了!"李克说:"我不知道你能喝白酒。"

李克又说:"你不是后半夜班吗?喝酒行吗?"她说:"十二点才接班,现在几点?"

当时的时间是下午五点半。

她说:"我也喝不多,情绪好的时候总想来点白的,我不多喝。"

鱼汤一直在电炉上翻沸。搞电的李克在电炉电源线前端装了电压调压器,在沸腾以后他把电压调低,使通红的炉丝变成暗红,他们两个围着锅坐在小凳上,先斟满玻璃酒盅,然后操起汤匙。

大约喝了两小盅时林杏花说:"墙上的大照片肯定是你太太了?""自然了。""你太太很年轻嘛。""比我小六岁。""哟,那比我还小三岁呀!""喝酒喝酒。把这杯干了?""以什么名目?为你太太?"

李克突然变了颜色,把已经举到嘴边的酒一下泼到地上,转身站起来过去拉了电炉闸,出了厨房进到居室里把身子摔到沙发上。

这边林杏花愣了好一阵才流出泪来,她一动不动坐在原地看着渐渐平息了的鱼汤发呆。

后来还是李克想开了,他从里屋过来,站在门口声音很低地请林杏花原谅:"对不起,刚才我心情突然坏了。"出乎他意料,她说:"是我对不起你。我再也不提你太太了。"

李克重新回到他的座位,天正黑下来。林杏花过去把电炉闸合上,过了一阵,鱼汤重新沸腾了。屋子里光线很暗,李克看不到林杏花满脸泪水,他只看着她大口喝酒,觉得这样下去不合适,他说不出别的:"不要喝了吧?"

她马上回答他:"好的。"那以后她再没喝过一口。李克说:"进去坐吧?"

她说:"这里坐挺好的,我喜欢坐在黑黑的小房子里。我一个人坐一会儿,你进去吧。"

李克没有说别的，随她一个坐在厨房里，他回到居室开了大灯，他为自己点燃了一支香烟，他坐在沙发里一连吸了四支烟之后发现墙上的石英钟已经指出十一点三十七分，他知道她到时间了。他关了大灯锁了屋门，喊她出来以后又锁了院门。他推着自行车跟她出了单位大门，他告诉门卫他马上回来请留门，之后他上了车，她麻利地跑两步跳上后座，他在七分钟里把她送回宾馆。

她剩下一点时间刚好来得及换衣化妆。

二十日凌晨八点，天还没亮透她下班了。她先是决定去李克那儿。她知道这个时间李克还在被窝里，她有恶作剧念头，可是马上就打消了。她改变主意要先睡一阵。

李克过来这一夜睡得不好。不管怎么说林杏花都是个可爱的女人，他不能在伤害了她之后心安理得。他像所有男人一样，在需要承担责任的时候大丈夫气十足，虽然林杏花不该拿他妻子随便开玩笑，毕竟说一句"干杯"也绝不能断定有什么恶意。他觉得自己太躁了，他骂自己无能，无端对女孩子发起脾气。

心里不踏实，他早早就醒了。想什么了不好说，但他睁着眼躺了好一阵。八点半左右他开始穿衣，洗漱，吃了一点饼干而后沏了满杯浓茶慢慢斟酌。

这时候他看到一只灰色泛白的小老鼠悄悄从柜子溜出来，

贼头贼脑地张望了一阵，以为天下太平就大摇大摆沿着墙根开始踱步。他说那时很奇怪忽然想起他休假前寄养到一个朋友家的小狗巴顿。他自己也奇怪为什么想起狗而不是猫，老鼠是很容易让人联想到猫的。

他说他当时就决定了当天上班。他到了拉萨十几天了，法定休息一星期时间早过，他想上班了大概情绪会相对稳定些。十点上班，十三点三十分下班，十六点三十分上班，十九点下班。夏时制加时差，这是拉萨独有的工作日时间表。

他在上午工作时间给寄养巴顿那个朋友打了电话。那个朋友说明天（十月二十一日）中午把狗带来，这就又给了这个性爱故事的开始以时间上的契机。因为他今天马上要到机场送一位贵宾，要明天上午才回来。

如果他今天（二十日）中午就把巴顿送来的话，很可能这故事的最初发展要延缓一段时间，也许这个小障碍因此改变了我的女主人公的命运。设想一下，有了小狗巴顿，恐怕它不会安安静静地容忍林杏花（一个陌生人）完全占有久违了的主人李克，它肯定要留在主人身旁，肯定要跳上跳下地向李克邀宠撒娇，肯定要跑前跑后汪汪吠叫，它有撒不尽的欢，它已经离开主人三个多月了。可以肯定说，它在一旁会破坏那种逐渐培养起来的性亢奋，它将使两个饥渴的少男少女逗不起足以导致上床的情绪，一切都将是另外一种结果。

没有如果，巴顿要到明天中午才会来。或者只好说什么什么都是早就决定好了的，所说的命数。

刚上班事不多，大约在十三点零几分李克就离开了工作地点，他回到住处用了一分钟多一点时间，他无论如何没料到林杏花会安安静静等在他院子里。林杏花显得心平气和，她买了些菜，买了一小块牛胸口肉，她脸上施了淡妆就更美更娇嫩了。李克回忆那个瞬间时，说他见到她的全部感受就是把她吞了。嚼也不嚼地整个咽下去。李克说他受不了她全身洁白的紧身衫带来的无穷想象，他说他当时就隐约觉到了她这种装扮的潜在想法，但是他又说他觉到的只是些很朦胧的东西，这使他的警惕性在很短时间里就被瓦解了。

他也说如果巴顿在也就好了，事后他这么说。我想如果不出圣诞节的事故，他说的肯定不是这而是相反。如果巴顿在就晦气透了。巴顿会搅了他的好事，他不叫晦气才怪。

林杏花先说她跟餐厅部经理（是个德国厨师）学了正宗汉堡牛排的烧制方法，接着说今天想实际操作一下。她又说她特地把存了一周的一瓶法国酒带来佐餐，而且她明天休息（其实是请了一天事假），这样可以喝尽兴。

我没吃过更没见过制作汉堡牛排，这里关于工艺过程及品尝感受只好从略不谈。说是像雀巢咖啡广告上那句台词一样："味道好极了！"

这句颂词涵盖的不单是林杏花的手艺，也在数的还有那瓶洋酒。李克夸赞可以认定不是附庸风雅，李克不在我们这些文人圈子里，他是个实用主义者，只求实惠，没有文人们务虚的臭毛病。至少他喝过的洋酒品类不在少数。还有关系的也许包括酒的度数。

他说那个晚上他第一次发现了林杏花柔嫩的脸上泛起红潮。她说她身上热，这以后就把那绒线外套脱了，她的真丝衬衫也是纯白的，领边胸前也都用白色绣线绣出凸起的简单的图案。衬衫下摆束在裤子里，显出极诱人的细腰身。李克说没人能抗拒那种诱惑。她不单双乳坚挺鼓胀，别的该凸起的部分都异乎寻常地突出，特别是她正面看去窄窄的臀，与大幅度凹下去的后腰形成性感的大起伏。也许这一切如李克所说，都是由于酒精作用而变形，我想别的男人也一定愿意让洋酒麻醉几次以期达到相类似的结果。性爱都是从陷入幻觉开始的。我一直认定太清醒了不行，太理智了不行。

那个晚上没有来别的人。那个晚上的汉堡牛排味道好极了。那个晚上喝的是叫人浑身燥热又叫人想没完没了喝下去的法国酒。那个晚上一切的一切都预示着一件好事。看来干那件事的时机已经成熟，只是时间的早晚了。

这一次他们坐在长沙发上，先前播放的电视节目已经结束，牛排也收拾干净了，剩的只是少半瓶酒和说不完的闲话。

林杏花以前的经历相当坎坷。她三年前从一所师范学校英语专业毕业，先是到市郊的一所中学里当教师，因为喜欢穿特别的衣服，惹了数不清的麻烦。第一次校长对她说："你是教师，为人师表，怎么能光胳膊光大腿只穿游泳衣下河游泳呢？学生家长反应很大，怕这样的教师要带坏他们的孩子。"她笑着问校长："您说游泳的时候不穿游泳衣穿什么好呢？"校长说："你不要忘了这里是农村！"

第二次还是校长说她："你裤子太瘦了点吧，也不怕绽线？"她说："您的关心我心领了，我也没办法，这裤子都是我小时候的，又没穿破，舍不得扔，只好凑合着穿，我怕绽线特别用机器轧了来回，您放心，绽不了线。"校长说："你还挺幽默的？你是个年轻教师，我提醒你，你应该自尊自爱才是。"她说："还不是您先来的幽默。我正年轻，正是因为爱自己我才喜欢瘦裤子，怎么跟您解释呢？"

不用说她不喜欢这里。这里似乎也不怎么喜欢她，于是她提出要调动工作，校长没说行也没说不行。她回家休假的时候恰好赶上深圳一家酒店来招聘职员，考英语口语能力以及形象，她综合分数排在第七位，酒店录取数为十三，她恰好占了中间数。酒店要求十日后集中起程，她只有马上赶回去办调动手续。她太骄傲了，拿着录取通知去找校长，大约正是深圳外国人办的酒家这个名头刺激了老教育家，他坚决地摇头，说国家培养一名人民教师花费了无数钱财，不能轻易就从教育战线调到其他行业去。林杏花在那些日子里好话说尽，终于延误了动身日期，这时好话奏效也已经没戏了。她猛然醒悟，之后说了无数再没一句好话，她为了争取主动先打了报告，辞职了。

回到市里先进了一家出租汽车公司，在业务科做翻译工作，她的一些小诗在这期间陆续发表了，引起年轻的公司经理的注意。经理在搞企业管理之前也是文学爱好者，年轻的女诗人很快成了他的挚友。大概也是物理学法则的导引，经理有事无事总要凑到女诗人所在的业务科，久而久之自然而然就有了闲话。

先是机关里的人当饭后茶余的调节，后来司机们说说也无伤大雅，再后来经理老婆找上门来了，穿金戴银马上显出刁钻毒辣，林杏花招架不住只好提前毁了合同一走了事。不敢高声的经理偷偷为她垫付了赔偿金，他真够晦气的，连女诗人的手他都没机会握一下。

她也变成了另外一个人。她知道她的不幸全都来源于她性感、美丽而且爱美，假如她不是这样而是相反的话，即使年轻的经理跟她多说了几句话，那位经理夫人也不会怎么在意。她恨自己太软弱，竟没有勇气跟珠光宝气的经理太太干一场。再遇上这样的事她会是完全不同的一个人了。

她自然不会讲第一次失身的情形，她没有贞操观念这一点李克从开始就感到了,用她自己的话说只要喜欢,只要喜欢就足够了,要是没命地喜欢上一个人,她说不定会嫁给他。

后来跟她同居的那个人是她在舞场上认识的,她也知道这种地方结交的人多半不可靠,但是她喜欢这个人的大块头和那一脸憨态,她接受了他最初的邀请,他对她没有一点非礼,也是他通过他父亲的老朋友把她介绍给她后来工作的那家国际旅行社当上合同制导游。

"看他块头那么大,到了床上其实不怎么行,男人光看外表不行。他太拘谨,这以前从没碰过女人,全靠我教他。不过他的体重叫人舒服极了。你说逗不逗,他居然郑重其事向我求婚,"她扬起左手无名指,"这个戒指就是他给我的,他妈妈的东西,听说还是他奶奶送给他妈妈的呢,整整三钱重,是赤金的。"

李克说:"你准备和他结婚是吗?"

她沉思着说:"还没想好。如果我结婚的话,我想我可能是跟他结婚。只是现在我还没拿定主意,我有点怕结婚,我看到那么多结了婚的女人,她们的生活叫我感到害怕。"

李克说:"可是你收下了订婚戒指,这等于说你接受了求婚。"

她说:"是我没不接受求婚。如果我最终没和他结婚,我肯定要把它还回去。"

李克说:"你们女人更喜欢被爱。如果让女人在爱别人和被别人爱当中只选一项,我看女人多半都要选择被爱。这一点男人和女人截然相反。男人对被别人爱的事实没太大兴趣,男人都是进攻型的,攻占了以后热情就没了,除非又有了新的进攻对象。"

她说:"你在说你自己吧?"

李克说:"结婚以前我是这样,如果不是我运气好娶了个好老婆,也许现在还是如此。"

她说:"请原谅我这么问你,她对你满意吗,我的意思是各方面都包括了?你明白我的意思。"

李克说:"我认为她满意。我当然懂得你的意思,我敢说她绝对满意。"

她说:"不知为什么,从一开始我就认定你是个可以使女人满足的男人。"

她把满意这个词悄悄换成满足。她这话使一个男人说不出地自豪,也——满足。但是李克还是告诉她:"我在这个世界上最宝贵的就是我老婆带给我的婚姻,我是无论怎样都不会离婚,都不会抛弃我老婆的。"

她悄没声息地过了好一阵才又开口了,声音又低又弱:"你太太真是个幸运的女人。"

李克最后一次把瓶里所剩不多的酒先为她斟了满盅,轮到他自己只有半盅了。她见了便把自己盅里的酒匀一些给他，她用心细致，尽量使两个盅里的酒一样多少。她率先举杯了。"来，干了吧。""干了！"

就干了。

她头有些晕，说："靠你一会儿行吗？"

长沙发只有那么长，她的头歪在他怀里很快就睡着了。她的体温和她微弱的鼻息开始孕育他的激情。直到他浑身酸疼实在需要换个姿势时他才小心地把她的头她的身体从自己身上移开。已经过了午夜，快两点钟了，他终于过去把灯关了。

他把嘴凑近她耳朵。"上床睡吧。"

她半睡半醒，嘟哝着："我不想动。"

李克也是后来才知道她不肯上床的原因。她忌讳，那是他的婚床。他的婚姻是她绕不开的暗礁，她的船永远只能朝着那已知的暗礁航行。她不说这个，可是执意不肯在他的床上行事，在以后两个多月里从没有过一次。

他只好从柜子里找出新毛毯，一头铺到她身下，另一头作被子。他为她脱去了衣服，剩下胸罩和三角裤时他犹豫了一下，后来还是把它们都扒掉了。

她一动不动地任他摆布，也可以认为她一直在睡。黑暗中他看不到她的眼睛是否睁着，反正那也没他什么关系。他只是用舌头一味动作，从额头直到脚趾密密地梳理下来。开始她轻轻痉挛，后来呻吟了，她的两手下意识地在他头发上摩挲，他是情场老手，可以说熟谙各种房中术，他在脱去自己衣服之前已经弄得她完全无法自持，丰腴的身子早就酥瘫得如泥如水。

当他第一次漂亮地进入时她突然没命地大叫一声，他吓坏了以为弄疼了她，他更怕的是她的叫声在静如秋水的深夜惊动一墙之隔的邻居。邻居是个专门喜欢窥探熟人隐私的家伙，四十岁了还没找到老婆，曾经因为扒女厕所后墙被警察机构拘留十五天。毕竟这不是什么正大光明的事，虽然李克平日活得算潇洒了，也还是不想引来过多是非。

而且他马上就知道她不是疼痛而是亢奋，经验告诉他这是个成熟的女孩，是个疯狂的激情无限的女孩。她的呻吟掺和着快意的哼叫，经过高度抑制以后曲折地传导出来，既叫李克神经紧张又使他很快进入了无法思索的谵妄状态。

他像跳伞员一样离开了飞行舱，在降落伞没有抖开以前他经历了美妙无比的时间，他的身体正在失去控制，那是一种真正意义的自由自在，他飘泛着向下面坠落，然而大地还远，大地仿佛躲到了世界尽头，坠落过程被无限拉长了，下面没有底。

他的思维系统突然被通上电，重新开始运转。她的声音太刺耳了，他甚至想得出邻居正把耳朵贴到相邻的墙那边凝神谛听的样子。而且他一心二用，知道最后的喷射在即，他居然及时地想到她可能怀上孩子。他来不及问她是否采取了什么措施突然就泄气了。这种时候发生阳痿太那个了，他长时间不能原谅自己。

这一章已经太长，正如他也曾想过漂亮地结束一样，一切都变得无法挽回。他只有在接下来的时间里加倍努力去弥补，我也一样。

他的主动据他讲是从这个不愉快发生了才开始的，他使她一次又一次升到幸福（也许是快乐吧？）的山顶其实是男性自尊在作祟。

八

那以后很长一段时间他一想起那个夜晚就不寒而栗。他认为先是破罐子破摔的心理占了上风，反正扒女厕所那家伙已经知道这边的好事了，索性让他过足了耳瘾吧。

只隔了很短一点时间他又变得精气如剑，他锐利无比势不可当，他全不管身下的叫声并且自己也加入了恶骂，句句不离那个表示性交的脏字。风助火势，失态后的人声比牲畜更狂乱更少人味儿。

他似乎有无限的精力，而且全然不在乎身下的容器是否盛得下他再三的鲁莽。他说:"那时候真疯了,怀孕就怀孕根本不在乎,连我自己都不知道哪来那么大的劲头,据她说我半个夜里干了七次。我是记不清了,只觉得几乎不停地干,不停地想干,那以前和那以后都从来没有过这种时候。"

她日记里关于这个夜晚的记载相当含蓄。

"……那是我们的初次相爱。他太急,心里也有些紧张,因此出了一点小故障。这以后他简直疯了似的,我觉到了那不全是由于爱和欲望,更主要的,他是个男子汉,他心里受伤了,这比爱更能激发他的热情,他这个晚上比全世界任何男人都更有力量。虽然他这样做带给我的已经不再是愉快了,我还是更爱他了。他用行动给了我爱的表示……"

到天亮时他竟全无睡意。这一次的全部结果都跟他以往的经验相悖,他把头埋在她丰腴坚挺的双乳间没命地吸吮,两手不停地揉搓她的臀和大腿,他知道他再也离不开这个女孩子了。他同时发现以往他得到的那些关于女人的经验都是不确定的,他第一次真正理解了天外有天这个成语的实在含义。

还有她告诉他一个让人心里踏实的消息,刚刚到来的那天下午老朋友来了,例假。至少眼下他可以不必为怀孕与否提心吊胆了。

激情过后两个人都变得相当理智。首先,两个人都意识到离不开对方,而如果希冀长远就必须顾及眼前,那种刺激邻居神经的呻吟哼叫是再也不能容许了。可林杏花说到时候她无论如何控制不了自己,这是导致后来那幕惨剧的第一步,也就是决定搬到木屋去。屋里的间壁墙太薄,另外毕竟木屋与居室拉开一段距离。

后来有知情者说林杏花死于无法自持的情欲,说如果她在贪恋床笫之乐的同时保持一点自我控制,又何苦搬到又冷又不安全的木房子里去呢?她纯粹因为无法不叫出声音才躲到厨房里去。这话说对了大约三分之一。

林杏花的日记里有这么一段。

"……我喜欢有自己的房子。他的房子是他和他太太的,我自己没有房子,所以我把那个做厨房的木屋当成我的。我不急,一点一点地改造它,建设它,这间小木屋才是我和他的房子。虽然我也知道时间不会太长,他太太生完孩子总要回来,我的合同也不可能无限期地延长,但是我还要不停地建设它……"

这是第二个三分之一。林杏花要自己的房子自己的床,她在某些方面显得相当在乎。

可以设想,不搬到木屋去住这场火灾和这桩命案都将子虚乌有,事实推翻了如上假设。第一场暴风骤雨过后,由于生理原因晴了一星期。这个星期没有虚度,林杏花每天休息时间都来从事她计划中的建设。

先是把炊具餐具请到上屋，接着彻底打扫清洗。一个长近三米宽两米高两米的空间，需要清洗的总面积是——地面六平方米，天花板六平方米，四壁共二十平方米，包括门窗在内——三十二平方米。可以说这里每一平方厘米都积满油垢。整个工程不可谓不浩大。洗衣粉冲温水，马莲根刷子加抹布，一星期下来她累坏了，可是日记里告诉我们，她心情很好。

当然建设是长时期的，后来我见到的那间极其别致的爱情小屋是她(也包括李克)两个月的心血和汗水。当时只是把它收拾出来了，干净了，可以住在里面了，如此而已。这已经非常不容易了。

李克设法搞来一些毛毡条，用小钉把所有接合部分的缝隙都堵得严丝合缝。又用一条破旧的棉毯做门帘，小房开始有了起码的隔音墙壁，尽管效果不能尽如人意。

没有床，也没有理由再去弄床，同时林杏花又不喜欢床，李克听从女孩子的建议，索性把睡铺安在地上。建房时屋里打了水泥地面，这时只需要一些牛皮纸铺垫就可以了，在拉萨不必担心水门汀返潮问题。李克把家里能找的全部棉絮和褥子都铺到小屋地上，加上后来买的两床新棉絮一共七层，上面还有那两床崭新的厚羊毛毯，叠在一起有半尺多厚，别提多舒适了。

所有的贴身用品都是林杏花带来的,床单被罩枕套枕巾等等。她在这方面显示出极高的天分,这在以后还要谈到。总之很短时间里她把原本简陋破旧的木屋变成了独特的新房,她忌讳新房这类容易使人联想到婚姻的称谓,她一直叫它"我的爱情小屋"。

她的小心后来竟到了无以复加的程度,比如她为了测一下木屋里的声音传到外面以后的音量,专门用录音机来反复调试,她围着房子转来转去,想消灭任何一处遗漏的缝隙,漏光漏声都不放过。及至后来在做爱时她怕自己喊出声音,事先便把自己的毛巾咬住,真难为她了,她是个那么美丽那么年轻又那么性感的女孩啊!她本来可以轻易得到她想得到的东西,而这些就是她生命最后那段时间她得到的。也是上帝他老人家的意思吗?

后来又想出了新的方法,李克又一次穷尽了家里所有旧被里,让林杏花背到宾馆洗衣房去洗净,用这些白颜色的棉布做了小屋的内衬。具体一点说,连同天花板在内,四壁加头顶都被白布幔罩住了,形成布造的屋中之屋。这一创举不但大大增强了隔音效果,而且从保暖到房间装饰都大大改善了。

秋天正在过去,天气状况逐渐变坏了。

李克把电炉线和灯线分装好。林杏花不知从哪儿搞到了两盏装饰橱窗用的射壁灯,分别安置在白色布屋的两个呈对角线的上屋角,灯光照射的效果奇特而别致,我十二月初从内地回来,十八日来访就亲眼看见了这桩奇迹。

九

这个故事的另外一部分情节该展开了。

是关于另外一个叫邹颖的女孩子,如果不是由于特殊的婚变,她本来没有机会走进我的这个故事。她曾经是李克的小恋人,后来成了另外一个人的妻子,她在这个故事开始之前已经走出了李克的生活,现在她回来了。

李克与她相爱时她还只有十六岁,现在她十九,饱经忧患,心灵已经至少有两倍的年龄了。她是李克最纯洁的一段生活的镜子,她也曾是李克唯一的幻觉。

那时候她是初中三年级的学生,她和李克相识又是另外一段故事。她被李克迷住了。

那时候李克正在内地休假,跟他有来往的女孩不止邹颖一个。李克有钱(因为在高工薪的西藏工作),跟女孩在一起出手也大方,因而总是有几个女孩经常跟他来往。

邹颖在那几个人当中年龄最小,模样也最孩子气。李克请她看过几次电影去过几次音乐茶座,觉得这个女孩子太纯情了，完全不知道这个世界上随便哪个男孩都可能欺侮她。她愿意听李克云山雾罩地吹西藏，也愿意跟李克到那些需要花钱的娱乐场所去奢侈一下。她不懂，她只是以一个孩子的视角去崇拜他这个来自西藏的漂亮小伙子。她对李克毫无戒备，这一点反而在李克的良知上重重地敲了一下。

他跟别的女孩全没有这些鬼名堂。女孩要什么他给，他要的东西女孩也都心里清楚。这种女孩今天来了，明天也就去了，像陌生人一样马上淡忘了。

邹颖非常神秘地告诉他，说自己爱上了一个人，他问是谁？"你。"他知道她还根本不懂得什么叫爱，男女相爱归根结底是怎么一回事。后来的事实最终也证明了这一点。

他从来不碰她敏感部位，他说不出他在护卫着的是什么东西。他情愿邹颖带着这份稚拙和纯情长大，至少到十八岁，那时候他再去爱她，把她当一个纯粹的女人去爱。

在五个月的交往中，李克没吻过她，没抱过她，而她有时像孩子那样在街上揽着他的手臂走路，那样子绝对像一对亲兄妹。

她告诉李克，说有个做买卖的男人总是找她，她不想跟他出去，可是他送了她一串金项链，她不知道该把这么贵重的东西怎么办。李克明确地告诉她："还给他！"

可是她有点舍不得。毕竟她是个秀美的女孩子，她像所有的女孩子一样喜欢贵重的和精美的装饰品。

她以为答应跟那个人出去一次不算什么,可是回来以后李克大光其火。这是李克第一次对她发脾气,她真受不了他发脾气。

她躲了李克不再露面。李克发火时下的命令她也没有执行。"马上还回去!再也不准跟那个胖猪见面!听见了没有?!"

那个人胖是胖了一点,可并不像猪。至少他没对她这么凶过。他再见到她时,她想到李克的凶相就哭了。那个人再三安慰她,请她去高级餐馆吃西餐喝外国酒,她头晕他就叫了出租轿车,他陪她到市里最豪华的饭店开了房间,他让她洗个热水澡之后睡一觉,说那样头就不晕了。她还是第一次进大饭店,洗澡热水都是自来水叫她惊奇,她还没洗完就被他闯进浴间,抱出来放到床上奸污了。她也试图反对他,可是她怎么能反对得了他呢?她只有十六岁,只有一米五二高,只有七十九斤重。而他是个三十八岁的大男人,是个一百七十斤的大胖猪男人啊!

她哭了,哭得很伤心,哭得李克非常不耐烦,李克在那几天里整天揣一把磨得锋快的藏刀来回转。他后来因为要回拉萨就打消了杀人的念头。过了一段时间他听说邹颖被学校开除了,很快跟一个三十多岁的生意人结了婚,很快生了一个男孩。那以后他再没有她的消息。

十

感谢林杏花的日记,几乎与这个故事有关的所有事件,所有事件发生的准确的时间,那个绣缎面的本子里都有记载。

在这之前一切都显得平和,平淡。

自然林杏花对李克一直不那么满意,李克不说爱,李克只说喜欢,女孩子对这个字眼都绝对敏感。她们认准这两个词表达的意思大不一样。李克说他说不来,也许他这不是假话。我甚至以为他从来不曾对肖君这么说,爱你。曾经沧海难为水。

但也仅此而已。林杏花也看得出来李克的心思都在她身上。既然肖君已经在那,她也就只好不在乎名分,不在乎李克是不是对她说那个单音词。她不管他怎么想,她觉得在爱他就告诉他,她爱他。

李克也问她:"那么那个人呢?"

林杏花知道他问的是她的男朋友。"我当然也爱他,爱不一定只属于一个人,一个人可能会爱几个人,许多人。你说呢?"

李克说:"我不知道。也许一个人谁都不爱,连一个人都不爱。你说呢?"

林杏花:"男人和女人好像不太一样。"

李克:"人和人,一个人和另一个人我看太不一样了。大马写过一首诗,就是我跟你说过的那个写小说的大马,他在诗里说,一个人和另一个人,就像一个小甲虫和一个同样颜色的小石头一样,看上去差不多,其实没一点相似的地方。"

林:"大马叫马什么?我也许看过他写的诗。"

李:"他写诗的名字叫陆高。"

林:"陆地的陆,高低的高,对吧?他有一首长诗,题目是《两个男人》,我差不多可以背下来。他的诗很怪,但是我特别喜欢。"

李:"他说马上就要回拉萨了,他是我大哥,我们关系特好。"

林说:"他诗里说,男人住在一个屋子里是违反自然的事,可是命运一直跟他作对,好像他的屋子里他的世界总是只有两个男人,怎么回事,他是同性恋吗?"

李克大笑,告诉她:"大马写的小说里总有同性恋,有时候是女的,好像多半都是女的,我觉得大马不怎么喜欢搞同性恋的,哪怕那是个漂亮的女孩他也不喜欢。"

林杏花想了再三,说:"可是我一直有点喜欢女孩子,从小到大我总有几个女朋友,她们长得都比我美,个子比我小,五官也比我精巧。我最受不了她们谈恋爱、结婚,她们一有男朋友我就难受得要命，觉得被人抛弃了，总要一个人躲到清静的地方大哭一场。你说我是不是同性恋？"

李克说："我没研究。等大马回来问他。我光知道我不是，我最受不了别的男人碰我。如果两个男人只有一张床，我宁可不睡；困死了我也不跟别的男人在一个床上睡觉。"

这天的气氛一直很融洽，先是李克到宾馆去买外国烟，之后在林杏花的房里等她下班。林杏花每隔一段时间就偷偷跑上来跟李克厮磨上几分钟再下去。李克平日难得来宾馆一次，他来了林杏花真是说不出地高兴。

她说："今天我们阔气一回，吃西餐去，我刚发了工资，我请你，下班了就去。"

她下午四点下班，她说她已经跟西餐厅经理打过招呼，可以在收费上打一点折扣。西餐厅经理跟她关系不错，这是个广东人，在香港和新加坡都干过。

这一餐两份大菜两份乡下浓汤两罐太阳啤酒，打了三成折扣后收了她四十五块钱，她非常得意。回到房间喝了一点清茶之后，他们一道去李克家。

这一天是十一月十四日。到家时大约十九点多不到二十点，天色已经暗下来。

李克走进那排房的窄巷，林杏花徒步（她没有自己的车，多半坐李克的二等）跟在他后面。李克先一眼看见了他院门前有个人，接着林杏花也看到了。那人脚下有个很大的皮包。

那就是千里迢迢从上海专程赶来的邹颖。

走到跟前李克才认出是她，吓了一跳。他完全没有精神准备，邹颖来得太突然了。

邹颖还是那副小样儿，怯生生喊他："李哥，认不出我啦？"

李克来不及多想，脱口而出："你怎么来啦？"他这话或多或少含了一点责怪，这大概是一种本能的保护性反应吧。毕竟他的新情人就在他身边，旧恋人的不期而至使他有点措手不及。他没注意自己连名字都没叫她一下。

邹颖以为他认不出她了（过去他从来不会对她这样），说："你没认出我是小颖啊。"

李克当然第一眼就认出她了。

李克有些慌乱，竟忘了给两个女孩相互介绍一下，这么一来事情就变得复杂了。

他开了锁进院又进屋，他把邹颖的皮包提到已经没有铺盖（全弄到木屋去了）的床上，他坐进沙发，满脸狐疑的林杏花紧挨着他也坐下来，邹颖只好坐到一把满是灰尘的折椅上。

李克："你来干什么？"

邹颖张了张嘴，没说出话反而先哭了。李克也觉得他问得太不客气了。他站到邹颖跟前又像回到三年前，他像个大哥哥一样用手掌轻抚邹颖的头顶，说："有什么话慢慢说，别哭了小颖，小颖……你还没吃饭吧？"

邹颖哭得更凶了，呜呜咽咽地说："等你五个小时了……阿拉以为你不回来了呢……"

李克暂时忘了林杏花就在身后。他伸出手为邹颖擦眼泪，一切都自然而然地发生了，仿佛三年时间被谁突然挤掉了，李克回到了他和邹颖分手前的心境。

林杏花说话了："这是谁呀？怎么不介绍一下？"

李克说："看我都忘了介绍一下。杏花，这是邹颖，是上海来的；小颖，这是林杏花，你就叫她林姐姐吧。"

邹颖听话地叫了一声："林姐姐。"

林杏花很得体地应了一声，说："你们慢慢谈，我到下屋去了。"

李克可算松了一口气。他一边听邹颖讲，一边为她做一点热面汤。他住下屋，上屋成了临时厨房，炊具餐具都在这里。

邹颖的丈夫最近又弄了个女人，并且找个借口把这女人弄到家里来住。先是说她是外地的表妹，后来索性当着小颖的面跟那女人调情并且住到那女人住的房间里。

小颖当着保姆的面不吵不闹，她不能很果断地提出离婚主要是考虑到孩子。孩子两岁多一点，父母亲一离婚孩子就惨啦。

邹颖一狠心撂下孩子回到娘家。可是她妈妈恶言恶语也叫她受不了。她爸爸早夭,她被学校开除,小小年纪就先怀孩子接着结婚,这些事狠狠伤了她妈妈的心,她是家里最小的孩子,可她被母亲骂出了家门。这次出事以前她没回娘家一次,她要强,犟倔得要命,无奈回了娘家妈妈又不肯原谅她,于是她想到李克。她知道这个世界上至少有一个人不会伤害她,这个人就是李克。

她决定只身到拉萨来找他。

李克这里每天开伙做饭,配菜佐料齐全,他给邹颖烧了一大碗金钩热汤面,地道的上海风味,可口可意。邹颖知道他还是三年前的那个李克哥,那以后再没有过的安全感重新回来了,她觉得有了倚靠。

一边吃,他们一边聊天。

邹颖说:"说出来你也许不信,我来拉萨的路费都是肖姐姐给的呐。"

李克完全没反应过来:"哪个肖姐姐?"

邹颖说:"还有哪个肖姐姐呀?"笑了。

李克这才知道邹颖说的是自己老婆肖君。这太出人意料了。他跟肖君认识是在跟邹颖断绝来往以后半年,按理说肖君绝不可能认识邹颖的。肖君是陕西人,而邹颖一直都在上海。

李克说:"我不知道你认识肖君,肖君从来没谈到过你。"

邹颖说:"在这以前肖姐姐根本就不认识我,是我到你家里找到她我们才认识的。我早就知道你结婚了,夫人叫肖君,是西北人,我还知道她待你特别好,我真为你高兴。"

李克说:"你怎么知道得这么详细?"

邹颖露出一分狡黠:"想知道总有办法知道,就看你想不想吧?"

李克说:"倒是我跟肖君讲过你,她知道你这名字是吧?我给她看过你的照片呢,她认出你了吗?"

邹颖说:"她说我跟照片上一模一样,她不知道我生过孩子,听我说了大吃一惊,说一点看不出来。我比过去变化大吗?"

邹颖对肖君讲了自己的遭遇,肖君一直陪着她掉泪。最后也是肖君出主意叫她到拉萨来找李克,说让李克想办法帮邹颖找个临时的工作安顿下来,干一段时间再说。肖君告诉她:"有你李哥在那,总不会让你受委屈,去吧。"肖君给了她三百元钱,让她乘直达拉萨的飞机——说是女孩子途中转车买票什么的太不容易了。邹颖当时不知怎么腿一软,就给肖君跪下了。"肖姐姐,我一辈子忘不了你的恩情。"

邹颖就这么到了拉萨。

连李克也听呆了。他耽搁得太久,终于导致以后一个多月无法调节的大矛盾。林杏花给一个人撂在下屋几乎一整夜,她想了些什么或者可能想些什么呢?李克做男人是太疏忽了。

十一

天亮以前李克到下屋搬了一套被褥给邹颖铺好。他也犹豫了一下才决定告诉邹颖,他现在和林杏花住在一起。他特别观察了邹颖的反应,他看得出邹颖虽然不说什么可心里并不对头。他想解释几句,也觉得有点此地无银三百两,就没解释什么。毕竟他现在对邹颖没有这方面的义务。不知为什么他觉得心里不踏实。

他回到下屋。林杏花是睡是醒他不知道。他不想惊动她。她脸朝墙里,一动不动。

他这时也没太多考虑林杏花会怎么想。他想得更多的是该怎么处理眼前的关系。他不开灯,躺在她身边一个人大睁着眼。他没注意到林杏花正悄悄把身子翻过来,她却细心谛听着李克又重又稳的呼吸声。她把这个夜里的诸多想法写进了日记。

"我不想吵。但是我想让他明白我用心在爱他。我要他明白我容忍他太太是因为那是既成事实,对他太太我说不出别的，可是别的女人就又当别论了。我绝对不能容忍第二个人，不管这个人是谁，她过去和他有过什么。

"他是个男人，他应该知道我把至少一半的爱给了他，他一点都不笨他绝对应该知道。

"我不知道这个叫邹颖的女孩子跟他有过怎样一种关系，以前的事我也不想知道。但是现在不行了，现在他是我的，我不会让她把他抓过去，我看得出他对她是有特别的关心的，我不在乎她，我相信我不会败在她手下。问题是他自己，他的情绪变化太大，他还是第一次对别的女孩这么关注，我觉得这不是好兆头。

"但我还是不想吵，我不要让他觉得我在吃邹颖的醋，不要让他觉得我离不了他。我没有谁都没有关系，我相信我自己。"

李克觉得最难办的还是邹颖的住宿问题。邹颖在拉萨举目无亲，她来投靠他，而他又不能在和林杏花同居的同时让邹颖也住在这。

林杏花做的恰好相反。她抽出两床棉絮，用李克原来的被面被罩做好被褥，亲自到上屋给邹颖铺摆。

李克告诉她，邹颖住这里不行。"怎么不行？""这样不好。""有什么不好？""叫别人知道这成什么了？说我家里住了俩女孩，我跳到黄河也洗不清了。"

林杏花说不做亏心事不怕鬼叫门。李克怀疑她这话有潜台词。"我不懂你的意思。"

林杏花说:"你跟我好大家也都知道,你反正不怕别人说你什么。你又没跟邹颖发生什么事,别人说你你又何必往心里去呢?"

林杏花越是说邹颖住这里没关系,李克越是觉得这事情不妥。可他又想不出别的主意,也只好暂时将就两天再说。

十一月十五日夜。林杏花是下午四点班,下班刚好是零点。她平时这个班就不出宾馆原地睡觉了。她下了班脱掉皮鞋换上运动鞋,一路走回到李克单位,这时大约零点二十分。大门已锁,门卫已经睡过去了。她居然逞着余勇翻过两米多高的铁栅栏门。非常不幸的是她动作还不够利落,弄得铁栅栏门大响,结果引起值夜保卫人员的注意把她逮住了。

她无奈只好说是李克的妹妹。保卫人员便把她带到李克家,敲门,李克还没躺下马上开了门。李克没往里请人,他堵在门口认可了林杏花的谎言,说了一百多声"对不起",终于把保卫人员打发走了。

李克显得极其恼火,他问她为什么深更半夜还往这跑闹出这么多麻烦?她却只顾注意她的小木屋门是锁着的,这说明李克一直在上屋跟那个邹颖在一起。

她说她不想去上屋打扰邹颖了,说太晚了还是让邹颖好好休息，她言外之意是说邹颖肯定已经睡下。这层意思李克听出来了，就说也好。他一个人去了上屋，一分钟内邹颖提着热水瓶过来到下屋，说"请林姐姐烫烫脚"。

林杏花明白这是李克在向她提供证据。她心里知道只有邹颖被蒙在鼓里，以为他让她过来送热水真是送热水来了，想到这个她心里对邹颖涌出一线怜悯。

李克这次没耽搁，差不多在邹颖回去的同时他就到了下屋。这是他们同住以来连续两夜没有性关系的第二夜，这以前两个人都是十二倍的疯狂，从不错过任何一个良宵，这以后的日子会是什么状态只有天知道了。谁也不碰谁。还是李克先开口了："回来监视我对吧？这下成了我表妹了！"

林杏花说："你不该这样猜疑我。我下了班觉得精神挺好就出来了，谁知道大门关了？要是知道关大门我也就不回来了。"

李克："你哪能不回来呢？不回来你睡得着吗？""你过去不这么说话。""你过去也不这么叫人受不了。""可是我走了这么长路，又叫保卫科的人训了这么半天，你就不会说一点安慰人的话？"

李克杀人不用刀，说："是你自找的。"

一句话僵了至少一小时，后来还是林杏花主动和解。"你不困吗？"

"你不来我早就该睡了。"

她声音奇特地问了一句:"是吗?"

他本来马上就冒出"你他妈的少来这套阴阳怪气!"话到嘴边又卡住了。过了一阵他却说了另外一句:"明天无论如何也得叫她走,她上哪我不管,哪怕住到大街上那是她自己的事,又不是我叫她来的!"

林杏花:"如果你一定叫她走,我就叫她住到我那去。就说是我表妹。睡吧。"

她每次都可以叫李克说不出话,他也只好照她说的,马上睡着了,打起轻鼾。林杏花要过去好长一段难挨的时间才艰难地进入梦境。她在梦里结婚,客人里也没有李克,她的大块头憨丈夫幸福地对着她微笑。

她把这个梦写进日记。可以断定这个本子她是绝不打算让李克看见的。李克到现在也没缘分看到它,它眼下就摆放在我书案上。

邹颖十六日住进宾馆林杏花的房间。她也看出了林杏花与李克产生了隔膜,她又聪慧地看出这一切与她有关,她于是努力跟她的林姐姐搞好关系,她同时发现做到这一点并不难,林杏花其实是个极容易相处的女伴。

有了固定住处,邹颖心绪也稳定多了,每天很少出门,两三天才到李克家去一次,都是与林杏花同行,没有一次单独行动。

林杏花仍然每天住到李克那里去，并且每天把她对邹颖的新认识讲给李克，林杏花对邹颖全是夸赞，没有一句带贬义的话。

一直焦灼不安的反而是李克。他认定林杏花之所以对邹颖做了这么多事，完全是为了相反的目的，他不相信那个占有欲极强的林杏花突然变得宽容大度了。他也觉到长此下去不是办法，遵从肖君和邹颖自己的意见，他应该帮助邹颖在拉萨找个临时工作和立脚点。他是个大男子主义者，他不能忍受眼前这个叫他屈辱的事实——让他的情妇又充当他过去恋人的庇护人。他想这个人无论是谁都没有关系，只要不是林杏花。这时他想到了他的朋友小旺堆。

十二

他跟小旺堆是这么说的：

"兄弟，帮个忙。邹颖一来弄得我焦头烂额，杏花一天到晚盯住我不放，生怕我跟邹颖干点什么事，我简直恼火透了！邹颖在拉萨要是有个相好的就没事了，哪怕是假的，做个样子给杏花看看就行。怎么样，帮个忙？你照顾一下邹颖，让杏花认为你们俩好,让杏花别一天到晚醋劲儿十足,李克绝对亏待不了你。"

小旺堆阁下以为自己义不容辞。都说好了之后,李克利用一个事先安排好的机会,为邹颖和小旺堆做了介绍。李克借引子和林杏花有事要走,便顺水推舟把邹颖托付给小旺堆照看。

这个主意几乎马上就奏效了。当天晚上林杏花接到邹颖的电话,说她晚上不回去了,叫林杏花不要等她。林杏花去李克那儿的时候,不知是故意还是忘记了,她没把邹颖留宿在小旺堆住处的事告诉李克。

十月二十一日来的老朋友在十一月二十一日又准时光顾了。这主要归功于双方面的理智以及国产避孕药物的卓越性能。这意味着李克不管情愿与否,都要过四五天禁欲生活,这在早就解决了饥渴的李克来说不是什么难事。

那方面的事态发展终于波及这方面了,邹颖和小旺堆再出面时俨然是一对情人,李克心里感激小旺堆也只能感于心底,当着林杏花的面他要装出吃惊和意外。

"怎么两天不见他俩就勾搭上啦?"他看见林杏花心安理得的神态不禁心里小有得意。

小旺堆要请客,专门在绿房子餐馆订了座位。两对男女大吃大喝,一顿饭从小旺堆腰包里抠出两百几十元钱。

席间李克渐渐地觉出不对了。因为酒精的作用，他发现小旺堆居然当着众人的面搂抱邹颖，还在邹颖腿上放肆地摸来摸去。开始他还以为这是小旺堆故意做给林杏花看的，后来他发现小旺堆已经醉得一塌糊涂，完全不能控制自己了。李克的血涌上两眼，指着小旺堆的脸叫道："你，我说你呢，手放老实一点！"

小旺堆也指定李克的脸："你，嘴巴放老实一点！我干什么不准你乱开口！听见没有？"

这时最叫李克无法忍受的是邹颖站起来，看也不看李克一眼，只顾拉着小旺堆的胳膊，带着哭腔央求他："别喝了！别再吵啦！"

李克无名火高三千丈，他把酒杯用力摔碎在桌上的盘子中间，拉起林杏花："我们走！就算我没认识这家伙！"

林杏花不知如何是好，她看看小旺堆又看看李克，一边被李克拉拽着走一边说："看你们俩都醉成什么样子啦？！"

回到家里以后李克越想越气，吼着对林杏花说："你去给宾馆打电话，叫邹颖马上到这来一下！"

林杏花说："邹颖早就从宾馆搬出去了，从那天认识小旺堆以后，她就没回去住过，她的皮包也早拿走了。"

李克大叫："你为什么不早说！！！"

那个晚上他醉得完全失去控制了。

十三

酒醒之后小旺堆来赔礼了，买了两条李克最喜欢的万宝路香烟。李克自知也有莫名其妙的地方，虽然对邹颖被小旺堆弄去当了情妇耿耿于怀，也没有再因此赌气或责怨对方。如果是邹颖自己乐意的话，他李克管得着吗？有钱难买我乐意。一句现代人的箴言。

在以后的时间里他和小旺堆像往常一样，在一起做生意吃喝玩乐，这过程里他逐渐由不习惯到完全习惯了邹颖做他人情妇的事实。他变得无所谓，至少表面上做出无所谓的样子。

我知道他感情上的折磨比第一次还要甚，这次占有邹颖作践邹颖最终将抛弃邹颖的不再是她那个胖猪丈夫而是他自己的朋友。至少那个胖猪还把邹颖明媒正娶了一次，李克知道小旺堆绝不会来这一手，他是个百分之百的享乐独身主义者，玩够一丢是他一贯的作风。但是李克不能集中全部情感去恨他。是李克自己把这只鲜嫩的羊羔送到色狼嘴里去的，李克知道他自己无法把责任推卸干净。

他因此更恨邹颖。是她自己扎不紧腰带，要怨只怨她腰带太松。是她乐意。不是吗？是她自作自受。他想不出她怎么变成这种人，这是那个小姑娘邹颖吗？他开始怀疑自己。

他于是拼命要证明自己是个男人是个真正的男子汉，他只有找他的林杏花来证明这个，她的（也是和他的）爱情小屋每天每天都充满了真正的男人和真正的女人的嚎叫。

连续的进击终于使他精疲力竭。而时间很快走进一年最最后的一个月，很快走过一星期又一星期。天正在变冷，空气中的氧气比重已经仅及六七月的一半。

十二月十五日。失踪半个月的小旺堆带着被他打扮得妖娆妩媚的小情人来了。李克也是刚刚发现小颖一举一动都带着万种风情，而且她有年龄优势有青春，她才只有十九岁啊。

肖君二十一，林杏花二十四，他自己已经是个二十七岁的老头子了。这个发现让他大吃一惊，他几乎在一瞬间突然就老了。

他不愿意承认他对女人厌倦了。那样太丢人，他丢得别的丢不起人，那样会让人以为他不再是个男人。趁两个女人说悄悄话的时候，小旺堆附在他耳边说了没头没尾的四个字。

"换换行吗？"

他马上就懂了。这是个极其恶毒的主意，如果在两个月前，就为这句话他可以要小旺堆死。现在他听了可以泰然处之。

死亡的诗意

"干吗要换?白给我也不要。"

"可是我想要。说个价吧。"

"八角街有三大秘密都在一个磕长头的人心里藏着。我要第二个。"

"那是什么?你总得告诉我那是什么。"

"西藏的金窟。是西藏最大的天然金矿,只有那个人知道金窟的准确地址。"

"一言为定?"

"我给你三天时间,这件事不要让娘们儿知道记住了?"

"错不了。三天后听我的回话。"

十四

十二月十八日。我第一次来到那间有着传奇色彩的木屋,我受到了李克和林杏花两人的欢迎。我在这里吃晚饭,李克和林杏花两个人烧的菜,我说不准谁的手艺更合我的口味。

我惊叹小屋里那些精美的床上用品,李克告诉我都是林杏花的。林杏花毫不惭愧地说:"哪有一件是我的?都是从宾馆里搞来的,宾馆管理很乱,服务员都往家里带东西。我这只是借着用一段时间,等我走时都给还回去。"

那个晚上晚些时间我的朋友小旺堆来了。我们坐了一阵一道告辞出来,他说有点事跟李克说,让我先走。这以后李克突然不见了,直到二十五日上午我才收到他的电话。

这中间我有事找他没找到,便蹬车去到林杏花所在的宾馆,林杏花把我让到她的房间坐了好一阵。我说我对她和李克的这段缘分有兴趣,说可能以后要写一下。我还答应送她两本我自己的小说。她有点局促,犹豫着说:"我自己平日记了些不像样的东西,如果您要了解我和李克,这个本子也许会对您有点帮助。我写得不像样子,您不要笑话……"

我觉得我不便翻看私人(特别是女孩)的日记,她说对作家来说没有什么秘密。难得她有这份信任。这样这个本子就到了我手里。

我准确记得这一天是十二月二十一日。

还有一桩小事看来也非常要紧。在林杏花屋里坐的时间不短,其间我两次到盥洗间解小手,我碰巧记住了一样男人本来不便去记住的东西,就是带血的卫生巾,是新血所以印象很深。按她日记所载,她的经期非常准确,都是二十一日,提前错后从没超出一天。

这本来是桩不值得提的小事,我想到关于她怀孕的流言,便把这个反证回忆起来了。

二十五日李克回来后打电话给我,问我这几天看到了小旺堆了没有。没有。他让我明天去他那,他正有件要紧事想找我拿主意。我告诉他今天是圣诞节,我们几个朋友要按西式方法聚一次,我诚心诚意地邀请他也来。我说了在零点时我去找他。他说他要值夜班,十点到明早六点,我说可以请几小时假,到零点时我去他单位找他,让他有个合适的请假借口。最后他说:"祝贺我吧,我昨天生了个女儿。"

十五

差七分零点我到了他单位工作区的门口,门警先验了我的身份证,之后给他的工区挂通了电话。他马上下来了。他说他刚才试着请假没有请准,现在坐十分钟问题不大。经过门警同意,我俩进了门警休息室。这是个大约八平方米的小房子,有一张桌子和两条长椅。

我俩关了门,守着通红的电炉聊起天。

他先告诉我小旺堆被公安局收进去了。我问什么时间。"昨天一大早。""为什么?"他便给我讲了他俩的交易。十八日晚小旺堆找李克专门谈的就是这个。李克拿到了金窟的地址,作为交换把自己的门钥匙交给小旺堆。这钥匙的另一套在林杏花手里。这几天林杏花都没住在这里,唯有二十三号这天她来了没走。小旺堆每天都来看一下,二十三号他来时已经是下半夜,他发现林杏花回来了已经睡熟,他按原来说好的,把钥匙塞在门外的青石下面,之后便动手了。据林杏花说她原就不喜欢小旺堆,执意不从,终因体力不支被强奸了。小旺堆干完就溜了,留下林杏花一个人收拾残局。她在天亮以前果断地报了案,小旺堆马上就被抓获。她整个昨天都在公安局里提供证词,讲述案件的前因后果。

这时候电灯突然灭了,电炉也黑下来。李克说:"不知道哪里又短路了。我们单位是特殊供电单位,从来不停电,停电就是内部电线短路造成的。没事,一会儿准修好。"

他接着往下讲。他昨晚就回来了,太累,也没挂电话找林杏花。他今天给我打过电话之后才碰到林杏花上医院,才知道了这些烂事。林杏花开始一个劲打听死去的女孩牛牛,像得了神经病。她刚来过月经,按理说绝不可能怀孕,可她还是跑到医院做了吸宫术,她说她一想起小旺堆就觉得恶心,她做手术就当是做一次清洗。她刚从医院出来就被李克撞上了。

这时灯又亮了,电炉丝也慢慢变红。

"刚才她一定要我跟她性交,说是把脏东西吸出去了,正好该来点新鲜的干净的。我怕她刚做了手术有擦伤,她说没关系,一定非让我来。没办法。这个女人叫我没法违抗。"

我说:"你这么干太不像话了,她要得毛病了怎么办?"
"没办法。我临上班时把小屋门锁了,我是想让她好好睡一觉……"

这时外面喊声大作,我俩夺门而出,是他和林杏花的爱情小屋失火了!许多人闻讯赶去其时已经太晚了。小屋给烧得只剩下一些焦黑的残骸,只穿了三角裤的林杏花焦缩在门内,皮肉黑黄像烙糊的锅巴,里面什么都烧毁了,只因为李克的院子在最后排,恰好邻居又出去了,被发现时已经太晚太晚。

李克完全傻了。保卫人员正守在他身边等候公安局的警车。这以后的一百多天他是在收审隔离所度过的。这期间肖君来看过他几次,他只有垂首说不出一句话。后来经过司法部门多方调查审理,加上验尸结果表明死者林杏花是窒息烧灼而亡,他有无法推卸的责任,但是法院结论排除了他蓄意犯罪的可能。

十六

征询司法部门的同意,死者手指上那枚赤金戒辗转回到它的主人手里。而李克专门跑后藏带回来的金灿灿的矿石标本,经工业有色金属实验室鉴定，是一种比较罕见的金云母矿。到此为止，需要讲述和交代的事件及其后果就都完成了。我要多说的一句话是——借真实事件来编撰我的人物，虚构我的故事，这第一次经验带给了我永远的激动。

图书在版编目(CIP)数据

拉萨河女神/马原著.—杭州：浙江文艺出版社,2019.7
ISBN 978-7-5339-5728-5

Ⅰ.①拉… Ⅱ.①马… Ⅲ.①中篇小说-小说集-中国-当代 ②短篇小说-小说集-中国-当代 Ⅳ.①I247.7

中国版本图书馆 CIP 数据核字(2019)第 110686 号

策划统筹：曹元勇
责任编辑：李　灿
文字编辑：易肖奇
封面设计：一千遍工作室
责任印制：吴春娟

拉萨河女神
马原　著

出版：浙江文艺出版社
地址：杭州市体育场路 347 号　邮编：310006
网址：www.zjwycbs.cn
经销：浙江省新华书店集团有限公司
印刷：上海中华商务联合印刷有限公司
开本：850 毫米×1168 毫米　1/32
字数：165 千字
印张：9
插页：6
版次：2019 年 7 月第 1 版
印次：2019 年 7 月第 1 次印刷
书号：ISBN 978-7-5339-5728-5
定价：49.00 元(精装)

版权所有侵权必究
(如有印、装质量问题,请寄承印单位调换)